写作另论

给大学生的趣味写作课

皮皮 / 编著

北京师范大学出版集团
BEIJING NORMAL UNIVERSITY PUBLISHING GROUP
北京师范大学出版社

图书在版编目（CIP）数据

写作另论：给大学生的趣味写作课/皮皮编著．—北京：
北京师范大学出版社，2021.9
ISBN 978-7-303-27140-5

Ⅰ．①写…　Ⅱ．①皮…　Ⅲ．①汉语－写作－高等学校－教材
Ⅳ．①H15

中国版本图书馆 CIP 数据核字（2021）第 158059 号

营　销　中　心　电　话　010-58807651
北师大出版社高等教育分社微信公众号　新外大街拾玖号

XIEZUO LINGLUN

出版发行：北京师范大学出版社　www.bnup.com
　　　　　北京市西城区新街口外大街 12-3 号
　　　　　邮政编码：100088
印　　刷：保定市中画美凯印刷有限公司
经　　销：全国新华书店
开　　本：880 mm×1 230 mm　1/32
印　　张：7.5
字　　数：154 千字
版　　次：2021 年 9 月第 1 版
印　　次：2021 年 9 月第 1 次印刷
定　　价：32.00 元

策划编辑：周劲含　　　　　责任编辑：朱前前
美术编辑：李向昕　　　　　装帧设计：李向昕
责任校对：陈　民　　　　　责任印制：马　洁

序

希望看这本书的人，能有一点儿冒险心态。这本书不是正襟危坐的写作理论，也没有教材编写专家讨论认证。冒险心态意味着，读者放下惯常的思维模式，不用脑海里的那些常规做出判断。

假如能做到这一点，对本书的理解已经完成了三分之一。冒险心态也有几分清理旧的无效经验的意味。

我十几岁的时候，梦想当一个作家，偶尔也在日记上写各式各样的小文。

第一次考上大学没念，因为不是中文系；复读考上中文系时，觉得离自己的梦近了。

进了中文系之后，听说作家通常都不是中文系培养的，第一次被打击。第二个小打击是，修完了写作课，我好像更不会写了。

当我发现中文系学的东西对写作没有直接帮助时，我就抓紧一切时间跑图书馆。在图书馆看书是很有效的学习，虽然它对死板的考试帮助不大。现在回头看，它对我写作的帮助是巨大的。也许可以这么说，我毕业于那个大学的图书馆。

毕业后，我当了记者，继续写作。24 岁发表第一篇作品前，我好多力气都用在清除中学作文、大学写作留给我的印记；渐渐地，我好像会写了，写得好些了，写得自由了。

因此，在这本关于写作的书里，我想通俗易懂地为大家述说，学习写作过程中真正有用的东西，不想搬运很多教材都陈列过的理论。

写这样一本教材的另一个原因更重要，它是我最后决定动笔的根本原因：十几年写作教师的教学经验。

假如没有这个经验，我只能与大家分享作家的写作经验。对教材而言，这固然有用，但局限更大。因为写作首先是个性的经验，而教材需要共性；一个作家写作的成功经验，对他人来说，或许还是一种写作局限。

我在鲁迅美术学院当老师，除了讲电影和文学的鉴赏课，还专门讲写作课，一晃讲了十多年。讲写作这门课，我首先遇到的困难就是找不到合适的教材。我去书店看了又看，发现多数写作教材和我几十年前学过的，大同小异，勉强选了一本，教学实践证明收益不大。

忽然有一天，我明白了，为什么写作教材对学生提高写作水平帮助不大。**因为教材总结的是套路，而写作是个性的创作，套路没用！** 那它为什么又一直是教材呢？因为它是套路，教材不是为一个人写的，它必须提供共性的东西！

在这个悖论的阴影下，我放弃了写一本特殊写作教材的想法，但我没有放弃在教学实践上的尝试。讲课时，我不用单一的教材，从各种书里拿出有用的东西，给学生讲解他们应该了解的概念，挺受欢迎，结果至少好过用教材。就这样，十多年与学生打交道的经验，再加上作家的经验综合到一起，在一个阳光灿烂的日子里，我想，现在可以开始，慢慢写一本关于写作的书了。

这就是《写作另论》的由来。

这本书的宗旨，我希望能以老师的身份当一个中间人：我的左边是大家，右边也是大家。前一个大家是各种功成名就，经验丰富的大家；后一个大家是同学们。作为中间人的老师，我把向前一个大家们的学习，通过自己的阅历和创作实践消化之后，讲给后一个大家；帮助后一个大家早日成为前一个大家，创作出优秀的作品。

这也是一直以来，我对老师的理解。

本书所举的范文例句中，因配合教学，个别例句或范文稍有改动，请相关译者谅解，谢谢。

目　录

1　什么是写作

写作是一种劳动

写作是一种劳动，它虽然是脑力劳动，但可能比体力活儿更辛苦。假如你对写作不是很热爱真的不必让自己那么累。因为写作与弹钢琴、打篮球一样不容易，所以大街上的人，才不都是作家，也不是人人都会写作。

写作除了是一种劳动，更是一种表达。通过写作，我们发表对宇宙、对世界、对生活、对他人、对自己的种种认知和感受。于是，写作把我们和他人连接起来，让他人赞同你的看法，让他人感受你内心的感觉，和你一起哭、一起笑。这种魔力足以压过写作的辛苦。

学习写作的人

什么人能更好地掌握写作这个创作门类呢？这和写作的出发点等有关。我们前面说，写作是一种表达，我们可以按对表达的需求程度来区分一下写作者。

你是一个孤独的人，还经常愤怒，认为自己生活在一个"颠倒的世界"上，人世间的真理需要你来发现和看护……

这样的人学习写作，会很快入门，甚至可能一下就写成，处女作就达到了某个巅峰……为什么？因为这样的人需要写作的程度，几乎等同他的生存。他会把生命的大部分投进写作，像江河入海；甚至大海倒灌，把他的生活变成写作的一部分，亦真亦假。

这样的作家有很多，比如卡夫卡、托尔斯泰、里尔克、三岛由纪夫等。

你是一个喜欢钱的人……那你的写作可能会很厉害，也许会一下子就写得很好。英国作家约翰逊博士①似乎是开玩笑地说，除了白痴，没有一个人愿意写作，除非是为了钱。这位先生就是为了挣到母亲的殡葬费，才写出不朽之作的。在这里可以列出名字的作家都可以加上著名二字：狄更斯、巴尔扎克、夏多布里昂等。

你是一个有点儿疯癫的人……从事写作会有很多便利。而写作对发疯的人又有某种"安抚"作用，让他们继续写作，避免沉沦。比如荷尔德林②精神错乱之后，在木工朋友的小屋里生活了很多年，接近"诗意地栖居"，也创作了很多作品。属于这一类的作家也有很多，陀思妥耶夫斯基、奈瓦尔、罗伯特·瓦尔泽等。

你是不那么极端的人，几乎算正常人，有正常的职业或者学业，也不是很穷，但总有很多无法排遣的痛苦……这些人从事什么职业，最后都会放弃，变成写作者、作家。比如学过医学的毛姆，当过间谍的格林，打过仗、当过记者的海明威，当

---

① 塞缪尔·约翰逊(1709—1784)，英国文学家，第一部英国字典的编纂者。

② 荷尔德林(1770—1843)，德国著名诗人、作家、学者，代表作品《梅农为狄奥提马而哀叹》《漫游者》《返回家乡》等很多诗歌以及译作和理论著作。

过水手的康拉德和杰克·伦敦，当过小偷的热内……他们都成了著名作家。这里聚集的人很多，这也说明多数作家都是"正常"人。

幸福和快乐的人，在写作大军中当然也有身影显现，但在阅读中，我们很少遇见他们。也许幸福快乐的人，不用写作。

写作，是作者价值观念、思维方式、生活方式、性情性格、人格品格、出身以及成长环境……诸多因素的综合体现。这些看不见摸不着的因素，总是在作者料想不到的地方被读者、被评论家发现，进而加以赞扬或者指责。

写作的三个层面

求真：这个真，是内涵的深度，从真实到真相到真理，所谓作品的深度。

求新：这个新，是创作上的创新，内涵的创新，形式的创新。

求诚：将心比心的写法。作者的真诚所在唤起读者的共鸣，心心相印。

最后我们可以把写作归结为三句话：**写清楚；怎样写；写得怎样**。

2　向阅读学习写作

写作，从阅读开始

一个婴儿会说话，更多是环境的产物。孩子在说话前不停地听到周围人发出的"妈妈""爸爸"。多数孩子最先会说的往往也是这两个词。写作和阅读的关系与牙牙学语类似。下面我们把上一节中提到的写作的三个概括，结合下面的阅读，深入地引申一下。

写清楚，意味着你要表达的内容，读者清楚了，明白了。

但这个"明白"是有层次的。这个世界上多数人明白了我们写的内容，比如《红与黑》《哈利·波特》；我们写的内容只有少数人明白了，但他们体会得很深，比如《罪与罚》《城堡》等；还有一些作品，明白的人寥寥无几，但不妨碍文学史把这样的作品认定伟大，比如《尤利西斯》《没有个性的人》……

当然还有一种可能，那就是你写的作品只有一个人明白，这个人就是你自己。这种可能性意味着，你还不清楚，你要说什么。

怎样写，也可以反过来说，就是不怎样写。怎样写，才能体现自己的个性和风格，写得跟别人不一样，为此，我们需要了解别人都是怎么写的，才能达到绕开他们的目的。所谓借鉴、批判性地继承传统。

面对传统，该走哪条路，哪条路是属于自己的，这不是一个感性的意愿选择，而是理性熟虑之后的选择。一个真正有助创作的选择做出之前，需要大量了解先人和自我。作为初学者，好多人都有过另辟蹊径的冲动，随着阅读量的增加，我们逐渐会发现这是非常艰难的事情。因为祖先的精神遗产之丰富，远远超出我们的想象。因此，尼采选择走前辈走过的路。他认为，发展前辈的技能而非另起炉灶是有道理的。否则会失去在某一项技能上臻于完美的可能性。尼采的意思我们可以这样理解，把前辈为我们留下的财富变成我们的向导，这样有助于我们更快地爬上巨人的肩膀。站得高才能更充分地展示自己。从传统中获得营养，唯一的途径，也是捷径的必经之路，就是阅读。

阅读除了能够帮助我们，在有限的时间里从经典那里获得认知和营养，还可以帮助我们"发现"周围的素材矿藏。一个二十岁的年轻人，假如成长经历普通而正常，动笔时会感到没什么值得写的。有人觉得自己生活中有很多值得写的事情，写出来又什么都不是。阅读可以帮助我们甄别我们经历过的，或者我们正在经历的，哪些具有抒写价值。

写得怎样，是读者对作者的检验。

经典之所以成为经典，是因为它不仅接受了读者的检验，而且经历了时间的检验。因此，阅读对学习写作意义非凡。

如何做有效的阅读

为了更好地说明怎么做有效阅读，首先我们把阅读分开，分成专业阅读和业余阅读。其次，我们再把专业阅读的"专业"暂定在文学写作的范畴中。最后，与专业阅读相对的泛泛兴趣阅读，我们把它称作业余阅读。

三岛由纪夫在他的《文章读本》中，引用狄伯德①的话，把读者分成"普通读者"和"精读读者"。三岛由纪夫说，普通读者就是有什么读什么，不会去追寻内在蕴涵；而精读读者的阅读不是当作消遣，而是目的，他们是"小说世界的居民"。这里的精读读者就是做专业阅读的读者。

怎样才能成为一个精读读者？

请勿打扰

普鲁斯特②在他的《阅读的时光》③中写道：

> 我童年过得最充实的日子，也许就是那些我以为我不曾生活过的日子，那些伴随一本心爱的书度过的日子。④

他拒绝出去和小朋友玩，甚至吃点心、吃晚饭这些事也让

---

① ［法］狄伯德（1874—1936）：作家兼批评家，代表作品《六说文学批评》。
② ［法］普鲁斯特（1871—1922）：小说家，代表作品《追忆似水年华》《驳圣伯夫》等。
③ ［法］普鲁斯特：《阅读的时光》，魏柯玲译，北京，中国对外翻译出版公司，2010。
④ 同上，35 页。

他烦躁，他只想继续看完这本书。这里有两层意思很重要：童年和沉浸。

我们先说说沉浸。沉浸意味着阅读兴趣。对专业阅读者来说，兴趣很重要。有兴趣才能沉浸。而这两点在小孩子身上的表现是最真实的，正如里尔克[①]说的那样：

> 童年是伟大的正直和深切爱的王国。在孩子那里，一切都是平等的。小孩子玩弄一枚金胸针或者一朵白色的野花，当他累了的时候，他会不经意地把这两样东西都丢在地上，并且忘掉。[②]

很多人的阅读，从童年开始就被"打扰"了。先是家长的"引导"和"影响"，然后是学校整齐划一的学习要求，假如这些都与一个孩子的阅读兴趣相违背，那么其结果只能是，随着孩子的长大，他的阅读兴趣逐渐被破坏掉了。

而最该受到保护的就是孩子的阅读兴趣，因为它不具有功利，往往也是最接近内在气质的。如果家长在孩子的阅读上，能先有精心的观察和理解，然后再加以适当而少量的引导，一个孩子就可能经常沉浸在阅读中。这样长大的孩子也很容易把阅读变成陪伴终生的事情。英国数学家安德鲁·怀尔斯[③]小时候

---

① ［奥］里尔克(1875—1926)：诗人，代表作品《新诗集》《杜伊诺哀歌》《马尔特手记》等。

② ［德］里尔克：《永不枯竭的话题》，史行果译，87页，北京，东方出版社，2002。

③ ［英］安德鲁·怀尔斯(1953—　)：数学家，1994年证明了费马定理。

看到一个未被证明的数学命题——费马定理①，他无法忘怀，之后用了几十年的时间，证明了这个三百多年无人能证明的命题。

在条件允许的情况下，尽可能多地为孩子提供书籍，这就是最好的不是"引导"的引导。

拓展　升华

一个喜欢读爱情小说的读者，小女孩儿时看琼瑶的作品；自己有了感情经历，看萨冈、杜拉斯②的作品；自己感情遭遇变故，开始看《安娜·卡列尼娜》《永别了武器》《恋情的终结》《红字》等。③……看到这个阶段，这个女读者发现，爱情小说中除了爱情还有宗教、哲学、心理、伦理等。假如她想深入琢磨爱情到底是怎么回事，迟早会扩展她的阅读，把目光投向这些与爱情相关的领域，去读哲学、宗教、心理学等。她获得了这些看似与爱情无关的理论之后，才能反过来更深地理解爱情，理解更深刻的爱情小说。

这个女读者的读法就是我们要讨论的**拓展阅读**。

一个文学写作者，仅仅阅读小说诗歌散文，营养是不够的。我们对宗教、哲学乃至科学的了解和涉猎可以开阔视野，提高作者的头脑品质。同时也有助于加强作者结构作品时的宏观想象。最后，拓展阅读还能帮助我们更深刻地理解生活。

---

① ［法］费马（1601—1665）：业余数学家，在几何、数论等方面颇有建树。他提出的费马定理几百年后才被后人证明。

② 均为著名畅销书女作家。

③ 依次分别为托尔斯泰、海明威、格林、霍桑的作品。

作家阅读哲学不是研究它，更多是理解它；通过它帮助我们更好地理解生活，解决困惑。

广泛的阅读除了跨界跨领域，也要逐渐地超越自己的喜好，读读自己不喜欢的作品。很多人强迫自己研究某些不感兴趣，甚至不喜欢的作家，结果发现很多瑰宝，庆幸自己没因个人好恶与他们擦肩而过。

从文学到宗教、哲学、心理学、自然科学等，也是升华的过程。假如对我们赖以生存的宇宙，对我们离不开的时间空间有所认识，我们眼中的日常生活看上去就和其他人眼中的不同了。这才是每个故事真正的出发点。

纵向深入

除了横向的拓展外，专业阅读还要做纵向的深入。

纵向的深入阅读是一个递进关系，一个人从年轻到年老，假如他是一个精读的读者，他的阅读也是随着时间呈现递进关系的。

我们如何建立纵向的深入？首先是兴趣，然后是让我们的阅读与我们的生活、我们的心灵连接起来。为了更好地说明这一点，我们先看一个业余读者的例子。

一个文学修养非常好的女士，她看过的文学作品甚至比某些作家还多。随着对她的了解进而发现，她的阅读并没有跟她的生活发生真正的联系。她的阅读只是她的谈资，附庸风雅。她像一个绝缘体一样，隔离着书和她的生活。生活中她活得有些痛苦，阅读也是一个排遣；但她没有让阅读与她的心灵发生联系，阅读也就无法为她提供庇护。让心灵与阅读发生关联并不是一件容易的事情，它需要我们有足够的勇气面对内心的真实状态，而这并不是每个人都能做到的。那位阅读量很大的女士有着与很多人类似的看法：认为书里写的一切，来自生活，但不能帮助生活。这样的理解之下，阅读真就不能在生活中帮助我们，也不能启发我们的智慧。

其实，阅读一旦和心灵发生关系，具体的生活就会发生改变。因此古人说，书中自有黄金屋，无论求知还是解惑，书中的各种智者，各种见解，是我们从身边人那里无法得到的。阅读为我们提供的答案，有时还会引出新的问题，循环往复，阅读变成了终身习惯，变成密不可分的朋友。毛姆①曾说过，养成读书习惯，也就是给自己营造一个几乎可以逃避生活中一切愁苦的庇护所。

回到写作上，作者有了这样的高度，他的故事和人物才能从日常生活中的提炼和升华出来。

怎样读出门道

熟读

专业阅读与普通阅读很关键的区别，表现在怎样读上。说明这个问题之前，我们先看诗人里尔克的一句话：

---

① ［英］威廉·萨默塞特·毛姆（1874—1965）：作家，代表作《刀锋》《月亮与便士》等。

美的本质不在其作用当中，而在其存在当中。①

无论美的本质还是艺术的本质，我们对此都缺乏观察。换句话说，它们没有引起我们真正的注意。我们对美的注意更多停留在它的功用，而非它的本质上。火焰之美，首先让我们想到的是它的温暖，这不是火焰的美，是它的功用。我们观察火焰的跳跃，火焰姿态中的变幻；研究怎样架柴才能让火焰更好看，发出更多的温暖……这样深入的研究步骤，才能把我们从美的功用带入美的存在。

这个例子可以很好地说明我们阅读的状态：我们被所阅读的内容吸引，感染感动，这是阅读的功用，正如火焰的温暖。专业阅读要求我们进入更深层面，去体会和研究，进而发现一个故事是怎么存在的，怎么呈现的；一篇论文是怎样阐述的，而不是它阐述了什么。所以，专业阅读需要精读，至少要阅读两遍以上。第一遍我们读到了 What(什么)；第二遍我们才有可能读出 How(怎样)。

其次，在重复阅读中，因为已经熟悉内容，更容易把精力集中到看写法，看门道。从整个篇章的复读中，我们看文章的布局，起承转合；从某个段落的复读中，我们看遣词造句。有了这样的构架和细节的把握，我们才能逐渐学会构建一篇文章，

---

① 见［德］里尔克：《永不枯竭的话题》，史行果译，87 页，北京，东方出版社，2002。

二者缺一不可。

作家纳博科夫曾经说过，谁要是能熟读五六本书，就可以成为大学问家了。他说的"熟读"，就是我们在这里强调的精细复读。熟读不是背诵，是反复琢磨和理解。

慢读

三岛由纪夫[①]说，从前人们是一步一个脚印去读完一本书的。那个年代交通不是很便利，所以这个节奏也是自然而言的。这就像我们去一个地方郊游，开车，我们可以很快到达目的地；但步行会让我们收获沿途的风景。三岛由纪夫因此在他的《文章读本》[②]中大声疾呼：

> 请在作品里慢慢走。虽然快跑看完十本书的时间，慢行可能只读得了一本；可是借着慢行，你可以从一本书中得到比读十本书还丰富的收获。[③]

快速阅读你看到的只是主题和情节的轨迹；而慢走你会发现语言编成的锦缎，那些用词汇描绘出的远山和鲜花，峭壁和篱笆，更是我们学习写作需要的营养。

---

① ［日］三岛由纪夫（1925—1970）：作家兼剧作家，代表作《金阁寺》等。
② ［日］三岛由纪夫：《文章读本》，黄毓婷译，南京，译林出版社，2013。
③ 同上，33 页。

体会

除了熟读慢读外，阅读中我们的体会也很重要。体会回味也是琢磨的组成部分。

一层薄雾笼罩着过去的岁月，彩色的轻烟围绕着我的记忆，磨平了它的严酷和粗糙，让它们有了奇异的魅力，它们像薄暮中远方的城市和港湾，轮廓模糊，斑斓炫目的色彩柔和下来，变得更加微妙而和谐。但是永恒就像深海，雾气从中源源不断地升起，持续不断地堆积着，最终，岁月把我的记忆隐藏在阴沉惨淡、深不可测的黑夜里。[1]

这样的描写，初学者在阅读过程中很容易一带而过，因为它不是很吸引人。但这一段描写透出很深的功底，对初学者尤其有用。它把景物、心境、感觉和想象融合起来，层次丰富，充满令人遐思的余韵。薄雾改变了记忆的严酷，往事也仿佛变得模糊和柔和，宛如远方的港湾。但雾一散开，一切又归于它们本来的样子，像永恒的深海，我们的记忆或微妙和谐，或陷入惨淡的黑夜，重归虚幻。除了丰富的层次，也很有哲思，这样的描写需要我们静静体会，调动个体的经验和感受，与之建立互动。看门道有时是枯燥乏味的，因此经常被初学者忽视。

---

[1]　［英］毛姆：《作家笔记》，49 页，南京，南京大学出版社，2011。

想象

大家都见过西湖，也读过一些关于西湖的描写，我们来看看下面这个例子：

> ……我第一次感到西湖的柔媚，有一种体贴入微的姬妾式的温柔，略带着点小家气，不是叫人觉得难以消受的。中国士大夫两千年来的绮梦就在这里了。雾蒙蒙的，天与水相偎相倚，如同两个小姊妹熏香敷粉出来见客，两人挨得紧紧的，只为了遮蔽自己。[①]

张爱玲这段对西湖的描写，令人耳目一新，一反我们常见的那些既不生动又无新意的描绘。这样的描写差不多就是想象力的产物，当然也有性格因素。

多读

多读，在开始写作的阶段是不可或缺的。读个性不同的东西，读年代不同的东西。多，意味着开阔视野；多，意味着长见识；多，也意味着有更多比较的可能性。

经典阅读的几个建议

为什么读经典，如何读经典，意大利作家卡尔维诺已经有

---

① 张爱玲：《异乡记》，北京，十月文艺出版社，2010。

了一本专著，叫《为什么读经典》①。他在这本书里举出了诸多读经典的理由。我们一起梳理一下。

重读

卡尔维诺说，经典常常是我正在"**重读**"，不是正在读的那本书。这是经典作品最重要的标志——它们经过了时间的检验，是经得起重读的作品。《道德经》我们今天读仍然能够获得启示，这说明它揭示的道理，在几千年后的生活中仍然可以指导我们。这个**重读**不仅仅是一个读者，也可以是多少代人的重读。

作为初学者阅读经典，可以避免浪费时间，因为经典是时间淘汰之后的佼佼者。卡尔维诺指出：经典作品也是对我们产生特殊影响的书，有时会潜伏在我们的潜意识中；所以对经典作品的重读，我们会有新的发现……

有时，重读可以唤醒经典最初留给我们潜意识的印记；此外，初读和重读间隔的时间里，读者增加的阅历或者内在的改变，又会给重读带来新的感受和理解。在我个人的重读经历中，年轻时看过的很多作品，十几年后再读，像初读一样。很多内容因为年轻时的局限性，我们在初读中并没有真正明白。所以，一部好的作品值得多读，常读常新。一个男人读过三遍《了不起的盖茨比》②，年轻时读，中年成功时读，事业低落时再读，每

___

① ［意］卡尔维诺：《为什么读经典》，黄灿然等译，南京，译林出版社，2006。
② ［美］菲茨杰拉德：《了不起的盖茨比》，巫宁坤等译，上海，上海译林出版社，1983。

次读他都会有新的感慨。作者虚构出的人物盖茨比，通过对他的命运和内心世界的真实描述，写出了人性的精髓和本质。这样的经典就可以在更多的心灵间引起共鸣。

一部经典中蕴藏着很多宝藏，一个读者的潜意识中也有很多复杂的储存，有些是创伤有些是迷惘，它们也等待着被触碰，被唤醒。阅读经典就可能造成它们的相遇。

一个人读《美丽与诅咒》①时，已到不惑之年。这个青春不再的中年人，读这个关于青春的故事，读得热泪盈眶。之后他非常肯定，这是一本他年轻时看不"懂"的书，所以他在青春之后与之相遇，像是一种"缘分"。我二十几岁就开始读《白鲸》②，看几页就放下了；再拿起读几段又放下了……直到现在，我仍然无法开始读它，但我知道，总有一天我会开始读它，而且一口气读完。为此，我等待。正如卡尔维诺说的那样，经典作品是你无法忽略的作品，你早晚要读到它。它帮助你确立你自己！在哪里确立？在你与经典作品的关系中，无论你赞同它还是反对它，它都能让你看清，你在其中的位置。

假如我们能够被阅读唤醒，哪怕被唤醒的是创伤，对从事写作的我们也是有意义的。我们整合面对它们的过程就是自我了解、自我认识、自我成长的过程。我们首先让自己经历这样的过程，才能在写作中让人物做相同的事情。

---

① ［美］菲茨杰拉德：《美丽与诅咒》，李雪琴译，北京，华夏出版社，2009。
② ［美］赫·麦尔维尔：《白鲸》，成时译，北京，人民文学出版社，2001。

研读

卡尔维诺还认为，经典作品带着**"先前解释的气息走向我们，背后拖着它们经过文化或多种文化时留下的痕迹"**。我们把这句复杂的话简单"翻译"一下：经典作品常常能像预言一样说出真理，当它走向我们时带来启示。我们之所以能够理解它的启示，是因为我们所受教育构成的文化背景，能与它背后拖着的各种文化痕迹产生共鸣。一部经典所蕴含的各种文化的深入和综合，就像一个博大的文化平台，无论我们的文化背景是东方的，还是西方的，我们都能在那里找到认同。我们既可以被一部美国电影震撼，也可以为一部伊朗电影感动，这就是不同文化的共鸣。

著名作家纳博科夫①对经典也有类似的论述，一个优秀的读者，一个成熟的读者，一个思路活泼、追求新意的读者只能是一个"反复读者"。

他说，我们不能像看一幅画那样，对一本书一览无余。对书的阅读有时间因素介入，得从头到尾一点点看完。因为这一点，我们只能在重读时将我们的阅读感受平息一些，运用理性**"在读者作者双方心灵之间形成一种艺术上的和谐的平衡关系"**；只有这样，我们才能了解简·奥斯汀《曼斯费尔德庄园》中②，范尼③的那间小屋是怎么布置的。纳博科夫认为只有反复阅读才能让读者逐渐平息阅读感受，使理性活跃起来，进而注意到那些

---

① ［美］纳博科夫(1899—1977)：现代派作家，代表作品《洛丽塔》《文学讲稿》等。
② ［英］简·奥斯汀：《曼斯费尔德庄园》，孙致礼译，南京，译林出版社，2004。
③ 同上，该小说人物之一。

容易被我们忽视的细节，比如一个房间的描绘。而后者对写作者来说是更重要的。

对经典作品正确的理解，帮助我们确立一种阅读的态度。阅读经典不是哗众取宠，不是赶时髦，不是满足虚荣；是真正的心灵互动。一个人的阅读的态度常常可以直接转换为他的写作态度。一个人怎样读，就会怎样写，而这最后决定了他写得如何！

阅读的处女地

防止被"劫持"

文学作品的评论，在当今越来越具有话语权，评论家的推荐已经变成读者购买一本书的参数。除了评论家还有知名人士和作家，他们的推荐语也被印在书的腰封上。这有点像号召大家做一个相同的梦，但阅读和做梦都是应该独自完成的。

阅读一本书，尤其在初级阶段，我们需要评论的帮助。与此同时，我们必须保持头脑清醒——不是所有的评论，也不是所有的见解，能对我们的阅读起到良好的指导作用。有些作品评论或解读是正确的，但它是无效的。我们带着这样的"先入为主"去读，通常也会"空手而归"。

福楼拜的小说《包法利夫人》，在文学史上有着高不可攀的地位。我们网上查一下就可以看到对这部小说的概括：

> ……是描写包法利夫人爱玛为摆脱不幸婚姻，追求不正当爱情而导致堕落毁灭的悲剧。它批判了消极浪漫主义

文学的不良影响，尖锐地抨击了外省贵族、地主、高利贷者、市侩的恶德丑行，揭露了资本主义社会腐朽堕落的社会风习及小市民的鄙俗、猥琐，真实地再现了资本主义发展初期在表面繁荣掩盖下的残酷现实。

我们再来看一下这部小说的特点：

> 将现实和幻想都作为批判对象，是福楼拜这部小说的独创之处。在理想的对照之下，现实是多么庸俗丑恶；在现实的反衬之下，理想又显得多么空虚苍白可笑。幻想与现实的强大反差，消极浪漫主义的不良影响和丑恶残酷现实的腐蚀，是造成爱玛悲剧的原因。

假如我们不是用来应对考试，这样的介绍对我们阅读原文没有任何补益。纳博科夫认为，这样的阅读只能越走越偏，再也无法看懂这部作品。

关于这部作品，我们在阅读时知道：福楼拜是著名作家，这部作品是他的代表作，写的是一个女人的情感生活……就足够了。我们开始阅读之时，我们的头脑和心灵还为这本书留着处女地。这是自己与这部作品，与这部作品的女主人公爱玛产生真正共鸣最好的出发点；也是我们真正理解这个作品的基础。

纳博科夫说，我们应当时刻记住，没有任何一件艺术品不是独创新天地的，所以我们读书的时候，第一件事就是要研究这个新天地；研究得越周密越好。我们要把它当作一件同我们所了解的世界，没有明显联系的崭新的东西对待。我们只有仔细了解了这个新天地之后，才能来研究它跟其他世界以及其他知识领域之间的联系。

这段话中第一层意思是一个艺术品自带一个新的天地。作为读者我们要有开放的心态去接受、研究这个新天地；我们把这个新天地当成一个新的，不要与我们熟悉的世界马上建立关联，换句话说，我们也不要把不属于那里的东西带进去。我们不带任何成见熟悉了这个新世界、新天地，再来看它与我们熟悉的世界和知识领域的联系，这时，我们才能接受到新。例如我们去认识这个包法利夫人，先与她建立起感同身受的同理心，而不是认识她的过程中一直带着评判她的成见，这样，我们才有可能得出真实的关于她的结论。不同的读者，读者的不同经历，最后决定了他们对包法利夫人的印象和结论的不同。

我们要在阅读开始前、阅读中时刻保持自己的辨识能力；面对作品的评论更要保持独立思考的能力，防止被"劫持"。个体的不同，决定了阅读的差异，因此真正的专业阅读都是独立完成的。

成为优秀读者

1. 参加一个图书俱乐部；2. 与作品中的主人公有共识；3. 要从社会和经济角度阅读；4. 要喜欢有情节有对话的小说，不能喜欢没有情节，对话少的小说；5. 阅读之前要先看根据这个书改编的电影；6. 自己也在写东西；7. 要有想象力；8. 要有好的记忆力；9. 手头要有一本字典；10. 要有一定的艺术感。

这是成为优秀读者的十大条件，某一种提法而已。作家纳博科夫从中选出了四项，他认为这四点足以构成一个读书人的素质：想象力、记忆力、字典和艺术感。他说，**读书人的最佳"素质"①在于既富艺术味，又重科学性。单凭艺术家的一片赤诚，往往会导致对一部作品偏于主观的理解。唯有用冷静的科学态度来冲淡一下直感的热情。**

我们前面提到的**重读**，其目的之一也是避免我们的感觉被作品的内容拖着跑。科学性以及阅读中我们时刻保持的理性，更能让我们看出写法上的门道。除此之外，也有助我们从作品更深刻的层面上去理解内涵。在纳博科夫看来，这是了解一个作家的真正态度。

他还认为一个好的作家应该是"讲故事的人""教育家和魔法师"。这三个特点集于一身，才能造就一个伟大的作品。这三点还原到一部作品里，我们可以理解为情节、寓意（内涵）和结构（写法）。而这三点中的每一点都涉及了一个关键的因素——想象力。无论讲故事还是编排故事，还是赋予故事内涵，想象力所能发挥的作用永远出乎我们的意料。所以纳博科夫才把想象力确立为优秀读者的第一条件。

因此，保护你的想象力！

---

① ［美］纳波科夫：《作家讲稿》，申慧辉译，上海，上海三联书店，2005。原文中此处用的是"气质"一词，根据我对上下文的理解，觉得素质更贴切原意。这里做了改动。

个人的文学史

文学没有统一的评定标准，因此，每个文学的阅读者在漫长的阅读之后，都可以有一本自己的文学史。这本个人的文学史，是拥有者按照自己的审美标准挑选编纂出来的，上面都是自己认可的作家。

在文学史上，即使一个读者公认的伟大作家，在作家的群体中也可能存在争议。这种现象对于一个学习写作的阅读者来说，应该引起重视。因为一个作家对另一个作家认真的评价，是建立在对那个作家深入了解之上做出的，而能做出这样深入了解的作家肯定对自己也有相同的认知。所以，这样的评价对专业阅读的读者富有借鉴意义，这就是所谓的行家对行家的评价。

陀思妥耶夫斯基①是被大多数作家认可的作家，包括很多现代派的作家也很推崇他。法国作家纪德写了一本《陀思妥耶夫斯基》②，纪德对陀思妥耶夫斯基的解读十分精彩。他认为陀思妥耶夫斯基是巨人托尔斯泰身后升起的一座高峰，陀思妥耶夫斯基和易卜生与尼采一样伟大，甚至比他们还重要。在这本书里，纪德有很多关于陀思妥耶夫斯基的精辟论述，下面这段非常深入地概括了陀思妥耶夫斯基和西方作家的不同：

---

① ［俄］陀思妥耶夫斯基（1821—1881）：作家，代表作《罪与罚》《卡拉马佐夫兄弟》等。

② ［法］纪德：《陀思妥耶夫斯基》，沈志明译，北京，北京燕山出版社，2006。

……我认为从这里着手便可解释，为何某些知识精英以西方文化的名义，把陀思妥耶夫斯基的天才摈诸门外。我们很快注意到，在我们全部西方文学中，不仅仅是法国文学，比如小说，除极罕见的例外，都只涉及了人与人之间的交往、情感或精神联系、家庭关系以及各社会的阶级关系；但几乎从未涉及过个体与自身、与上帝的关系。而在陀思妥耶夫斯基的作品里，这种关系是优先于任何其他关系的。[①]

纪德把陀思妥耶夫斯基与西方作家比较，指出了一个根本性的区别：欧洲作家写的是人与人之间的事情；陀思妥耶夫斯基写的是人与上帝之间事情。这是不同的维度，欧洲很多作家的描写比起陀思妥耶夫斯基更细致，他们的人物更多样，他们的情节更有创新等；但是正如纪德指出的那样，陀思妥耶夫斯基更关心的是人的自省（人与自身）和人面对上帝的责问。陀思妥耶夫斯基的作品更侧重思想，但他不是空谈思想，而是把思想融入人物，让它永远活在他的人物身上。因此纪德说陀思妥耶夫斯基的小说，**"是我读过的最富有活力、最令人激动的小说"**。

陀思妥耶夫斯基的作品我都拜读过，看到纪德对他的论述，我很激动也很赞同。纪德的总结让我更深入地领悟了陀思妥耶

---

① ［法］安德烈·纪德：《陀思妥耶夫斯基》，沈志明译，41 页，北京，燕山出版社，2006。

夫斯基的作品，将我对他的阅读带到了更高的层面。

陀思妥耶夫斯基的同胞纳博科夫对这位纪德无比认可的作家，却有着截然相反的评价。他认为陀思妥耶夫斯基是"廉价的感官刺激小说家，又笨拙，又丑陋"，他说过这样一段话：

> 非俄语读者没有认识到两件事：一、不是所有的俄国人都像美国人那样喜欢陀思妥耶夫斯基；二、多数喜欢他的俄国人看中的是他的神秘色彩，而不是看中他的艺术。他是个先知，是个哗众取宠的记者，是个马虎的喜剧家。我承认他写的某些场面、某些幽默笔触特别有趣。不过，他写的敏感的谋杀者、富于灵魂的妓女真叫人忍受不了——不管怎么说，本读者忍受不了。[1]

陀思妥耶夫斯基的译者也曾说过，陀思妥耶夫斯基的语言不是很讲究。有人认为，他每部作品的结构都很类似。尼采认为陀思妥耶夫斯基教会他的是一点心理学……英国作家毛姆关于陀思妥耶夫斯基的说法更独到，也很有说服力。他观察俄罗斯人，发现罪恶感在俄罗斯人的生活中占了很大的比重。他们比西方人更容易认为自己是有罪的，而且十分自责。毛姆说，作为一个西方人，多数人都还算正派，即使有末日审判，他们也相信上帝会明察秋毫，不会追究他们的小缺点，不会问罪。

---

[1] ［美］纳博科夫：《固执己见——纳博科夫访谈录》，潘小松译，45 页，长春，时代文艺出版社，1998。

所以他们专心做手边的事情，不怎么记挂自己的灵魂。

俄罗斯人则好像不一样。他们比我们更喜欢自省，有强烈的罪恶感，对忏悔的渴望更迫切。他们被这一负担压得喘不过气来，为了一小点过失，他们就会悲切哀悔，抽泣恸哭。然而换了我们这些不这么敏感的人，根本不会为了些许小事而良心不安。德米特里·卡拉马佐夫[①]视自己为大罪人，陀思妥耶夫斯基透过他看到了一个暴躁、狂热的人，灵魂肯定在撒旦手里。但冷静一点看，德米特里不过是犯了一些小错。[②]

除此之外，毛姆也不赞同陀思妥耶夫斯基对待受苦受难的态度。他认为受苦不能让人像陀思妥耶夫斯基写的那样，使人高尚；他认为受苦受难会给心灵带来阴影，让人变得狭隘和自私。

我们罗列了不同作家对一个伟大作家的不同看法，最后回到自身——了解这些之后，我们对陀思妥耶夫斯基的印象有所改变吗？

我不是俄罗斯人，不是法国人也不是英国人，但同意他们三个作家的看法。他们的描绘展现了陀思妥耶夫斯基更多的层面。对于读者，陀思妥耶夫斯基这个作家更有立体感了。我们

[①] 陀思妥耶夫斯基作品《卡拉马佐夫兄弟》中的人物。

[②] ［英］威廉·萨默塞特·毛姆：《作家笔记》，陈德志、陈星译，169—170页，南京，南京大学出版社，2011。

被他书中的内容震撼，被他的宏观气势威慑，他所具有的品质正是多数作者所缺少的。我们会继续阅读他的书，增加修养。在具体写作上，我们完全可以听从纳博科夫和毛姆对陀思妥耶夫斯基的中肯评价，无须向陀思妥耶夫斯基借鉴什么。最后，我们发现一个更为全面丰富的了解，对我们的认知和眼界，无论是关于一个作家，还是关于一部作品，假如我们掌握好理解的尺度，都会起到很好的作用。

选择你要阅读的作家，应该有格局。哪些作家与你存在的距离是有限的，也就是说，也许某一天你能超越他；哪些作家与你的距离是无限遥远的，今生今世你都无法超越。

有些作家很伟大，比如陀思妥耶夫斯基，我们不用向他学习写作，那些推崇他的作家，无论纪德还是海明威，写作内容和风格与陀思妥耶夫斯基没有丝毫的相似。像陀思妥耶夫斯基这样的作家还有很多，比如夏多布里昂①，黑塞②，托马斯·曼③，米洛拉德·帕维奇④等，我们向他们学习如何建立世界观和宏观审美。通过对他们的阅读，首先能点燃我们心灵中的火把，抬高我们的眼界。而眼界对写作的重要性怎么强调都不为过。眼高手低，可以努力弥补；眼低手低，基本就可以放弃了。

从与自己风格气质近似的作家那里学习写作，这是非常私

---

① ［法］夏多布里昂（1768—1848）：著名作家，代表作品《墓畔回忆录》。

② ［德］黑塞（1877—1962）：著名作家，代表作品《悉达多》等。

③ ［德］托马斯曼（1875—1955）：著名作家，代表作品《魔山》等。

④ ［塞尔维亚］米洛拉德·帕维奇（1929—2009）：著名作家，代表作品《哈扎尔辞典》。

人的经验。每个人都会跟着自己的感觉，找到自己喜欢的作家，找到学习他们的路径。这种学习可以提升我们的写作技术，在对他们阅读的同时，时刻提醒自己去阅读那些我们永远无法超越的作家。后者可以帮助我们监督自己创作所处的状态；帮助我们发现自己的狭隘；帮助我们的作品获得宏观上的进步。

3　文如其人，你如你

我们已经在写作的"周边"逡巡好久了，这就是古人所言功夫在诗外吧。为写作，需要学习准备的东西，真的有很多都在写作之外。这节我们讨论一下写作者本人，也就是作者，看看他作为写作主体是怎样在写作中发挥作用的；他的自我认知可以遵循怎样的路径。在这个过程中，我们可以清楚地看到，写作主体的建立确立，需要的功夫也在写作之外。

风格与性情

文如其人，这句话我们都很熟悉，其出处是宋·苏轼《答张文潜书》：

> 子由之文实胜仆，而世俗不知，乃以为不如；其为人深不愿人知之，其文如其为人。

这段话的大意是指子由文章比苏轼写得好，做人不愿张扬，做文也是如此，所以知道他文章的人很少。子由的这种性情变成了他文章的风格。类似的例子，我们在中国古代文人那里还可以找到。**人生得意须尽欢，莫使金樽空对月。天生我材必有**

用，千金散尽还复来。……**众鸟高飞尽，孤云独去闲**……诗人李白的豪爽性格在他的生活和诗文中都有淋漓尽致地表现。宋朝词人李清照的幽怨和凄美也贯穿了她的整个写作。**昨夜雨疏风骤，浓睡不消残酒，试问卷帘人，却道海棠依旧**……同样的醉饮，李白写出的众鸟高飞，空樽对月，孤云独闲；李清照的目光所及是窗前海棠，**应是绿肥红瘦**。不同性情的自然展露，促成文章风格迥异，正是文如其人。

品格与文格

文如其人在创作另一个层面的反映更加复杂，不再是性情风格那么直接的对应。一部作品所表现出的精神境界——文格，与作者的品格既可能相辅相成，也有可能是相背离的。一个懦弱的作者，因为对勇敢的渴念塑造了一个杰出的硬汉；一个贪婪之人，在作品中表现了某种淡泊的洒脱等。我们可以这样理解，作者在作品中可以矫饰自己，掩盖自己的某些品格特征。有人认为写作是编撰，可以与自己的实际生活不发生关系。的确如此，我们可以虚构一个故事、某种生活，无论怎样，这个过程时刻与作者的内心发生关系。它就像一个随时会暴露作者真实面目的危险，隐藏在文章的某个角落里。

在作品中矫饰自己的人，也常常在意读者怎么想，进而达到取悦的目的。

但是，读者真的可以取悦吗？

读者 面具 自我

> 我想一个艺术家不该去管读者（观众）是谁。他最好的观众是每天早上刮胡镜里看见的那个人。我想一个艺术家想象的观众（当他想象这种东西时）是一屋子带着他自己面具的人。[①]

这是纳博科夫说过的一段话，它可以帮助我们深入理解作品中的作者。无论性格豪放，还是性情阴郁，作者在其作品中面对读者，都是一个戴着自我面具的人，那么读者最先看到的还是作者，哪怕仅仅是他的面具。

我们戴着怎样的面具，做着怎样的表演，读者最想做的就是伸手摘下这个面具。也许，有能力摘下作者面具的读者寥寥无几，但有一个存在，对作者来说就是一种无法回避的"提醒"。有一个人看穿了我们，所有的装饰就白费了。这就像撒谎一样，谎言必须骗过所有人，包括撒谎者本人，才能算是成功的谎言。撒谎者醒着时，可以很好地圆谎，但他的谎言有可能在潜意识中出差错，有可能在噩梦中败露。最后，作者必须面对的事实就是：选择自己能够胜任的创作态度；要么真诚，要么矫饰。

---

① ［美］纳博科夫：《固执己见——纳博科夫访谈录》，潘小松译，19—20 页，长春，时代文艺出版社，1998。

真诚的捷径

本书开篇我们谈到了写作的出发点——为什么而写？很多人写作是为了抒发内心世界的感知。抒发自己最好的途径难道不是真诚吗?！真诚就是表里如一，首先会使作者本人放松从容；其次，作者是否在乎读者，是否为读者考虑，无论怎样，作者的真诚总是最先被读者感觉到。这个真诚是作者的初心、心地，是内在精神的源头，怎样都是无法掩盖的，不如索性坦诚。

很多作者从一开始就与读者坦诚相待，不仅会博得好感，而且读者会因为这种真诚的态度，忽略对作者技术上瑕疵的苛求。但是，真诚仍然是不容易达到的写作心态，不是作者想做就能做到的事情。这其中的原因很复杂，我们就不展开讨论了。

被"看透"……

下面我们以巴尔扎克①为例，综合探讨一下作家怎样通过作品被认识，被"看透"……

在多数读者那里，巴尔扎克是一位了不起的伟大作家。他的作品中所提供的社会经济方面的信息量非常大。他一生写了很多作品，中文译本全集有三十多册，大文豪雨果②说巴尔扎克的一生**"是短促的，然而也是饱满的，作品比岁月还多"**。

作品比岁月还多……这句评语很令人难忘，我们也很难断

---

① ［法］巴尔扎克(1799—1850)：著名作家，代表作品《人间喜剧》等。
② ［法］雨果(1802—1885)：著名作家，代表作品《悲惨世界》《九三年》等。

定，雨果想借此表达的是肯定还是调侃。法国作家朱利安·格拉克①将巴尔扎克与其他几位作家做了对比，我们看看他的结论。

　　巴尔扎克的天分，比我们所想象的还要密切地，同他那对成功强烈且庸俗的欲望连在一起。所有的价值他都想买到：公爵夫人们、政府部门、高级银行，都是酒桌上用得着的。但是有多少把锁对他敞开，才能如此自然地将世界原本发展的线条握在手心里，这一切使他得以驰骋在怎样广袤的领地上，使他与下列作家相提并论：普鲁斯特——一个高雅的人；福楼拜②——除了艺术别无雄心的人；司汤达③——视在小阁楼里写作为幸福的人！
　　文体家有大概的和细致的两种，巴尔扎克就属于大概的。④

　　这段话结合雨果的话一起看，似乎可以理解为他们对巴尔扎克看法的暗合。巴尔扎克想把这个世界上的一切都纳入笔下的疆土，所以必须多写，作品超过了他的岁月。对一个作家的能力能量来说，这已经消耗了太多。他的身心都用在了写作的内容和规模上，留给文体风格的精力太少了，所以巴尔扎克牺

---

① ［法］朱利安·格拉克(1910—2007)：著名作家评论家，代表作品《首字花饰》等。
② ［法］福楼拜(1821—1880)：著名作家，代表作品《包法利夫人》。
③ ［法］司汤达(1783—1842)：著名作家，代表作品《红与黑》。
④ ［法］格拉克：《首字花饰》，王静译，24 页，上海，华东师范大学出版社，2011。

牲的就是他的文体。

格拉克先生后面作为对比列出的作家，没有巴尔扎克这样的野心，于是才有安心和耐心去研究文学本身以及文学的风格表达，所以他们成了文学家。如果我们查看文学史，作为文学家普鲁斯特和福楼拜被提及被认可的程度，远远领先巴尔扎克先生。通过这个例子，我们必须承认，作家在作品中所呈现的状态，仁者见仁智者见智，但总是会被看到最深层面。在那里一切公平而清晰。

互相塑造

我们反复强调文如其人时，还存在一种现象，就是人如其文。这种现象虽然不常见，但存在。同时它也是作者提升自我的一种可能。作者通过自己所创造的人物反观自身，获得启迪，进而发现自身存在的问题。这样，作者和作品都在一条传送带上，各种碾压反观之后，作者会写得更好；更好的作品反过来也会促进作者更加完善自己。对此三岛由纪夫有段叙述很精辟：

> ……作家的文章和作品在不知不觉间终究会和作家的生活相互呼应。瓦雷里也有一句名言说：作家才是作品制造出来的成果。因此，文章和作者互为表里的时候，才称得上真文章……①

----

① ［日］三岛由纪夫：《文章读本》，黄毓婷译，165 页，译林出版社，2013。

这是作家的肺腑之言，也是高见。作家在作品中要不要放下造物主的身段，对自我进行叩问，这些会在完成后的作品中看到痕迹。有些作品中，我们能看到作者高高在上的造物主姿态，他们把人物看成由他摆弄的玩偶和傀儡，这样的作品最后很难产生真正的感染力。

作家对自我的认知一如常人，是一个持续的过程，永无完结。在创作过程中，假如我们摆正自己的位置，故事中的一切一旦建立，获得自己的生命，都可以与作者互动，为作者的反观和对作品的观察提供更多的视角。最后的目的都是为了发现真正的自我。只有真正的自我，才能带来强大的创作力量。在这样的创作中才能孕育有生命力的风格，作者才能将真正的个性昭示于读者。面对很多社会意义上的文学成功范例，严肃的作者要有选择。听从你内心之外的召唤和诱惑而写作；还是跟从内心，按照自己的理想去写作，这是道路的选择。它们通向不同的地方。

选择也意味着纯粹。无论写俗雅，善恶，只要是纯粹，就会走得远，走得持久。

4 修养需要兴趣陪伴

上

修养，"修"而为"养"，养艺术创作的肥沃之野。

天赋和修养

我们不能证明爱因斯坦的小提琴演奏，在他取得物理成就的过程中发挥了怎样的作用。但音乐的抽象性对一个物理学家的思考肯定是有所补益的。

我们再看看另一个人——达·芬奇！在《达·芬奇传》[1]这本书里，作者列举了达·芬奇的各种所能，让人有点儿分不清什么是爱好，什么是专攻。达·芬奇以绘画闻名于世，但他在战时写给统治者的自荐信里，先于绘画写出的技能如下：制作攻城器、隧道挖掘机、移动便桥、大炮、装甲车等。这些设施他都附有图纸，之后他补充提出和平时期他能满足**"建筑设计方面的需求，不管是公共建筑还是私人住宅"**他都能设计。最后达·芬奇才写道：

---

① ［英］查尔斯·尼科尔：《达·芬奇传——放飞的心灵》，朱振武、赵永健、刘略昌译，武汉，长江文艺出版社，2006。

我可以用大理石、青铜和黏土制作雕像；我可以创作任何形式的绘画，以及任何人物的肖像画。①

达·芬奇在音乐、诗歌、戏剧、艺术评论、医学甚至创作笑话等方面都有建树。这位天才所掌握的技能，几乎全部自学。一个人的修养达到这样的水平时，他能在任何领域出类拔萃。他写作修养所达到的水平，可以与任何时代任何国家的任何大师相媲美。我们看看他是如何运用最简洁的语言，把诗歌音乐和绘画的关系概括出来的；在这个过程中，他的科学修养起到了怎样的作用。

最有价值的事物是满足最有价值感官的事物。② 他认为，视觉是人最有价值的感官，人们宁愿失去听觉、嗅觉和触觉，也不愿意失去视觉。失去视觉就被剥夺了"宇宙之美"，像生活在坟墓中一样。因此，他认为绘画高于诗歌和音乐，因为它服务人们的视觉，而诗歌和音乐服务于听觉。

达·芬奇下面对这三个艺术门类的判定极具科学性。他的科学修养滋养了他对艺术的理解。在艺术门类与感官的联系确立后，他深入到绘画与音乐诗歌的特性中，进一步说明他认为绘画高于其他艺术门类的原因。

---

① ［英］查尔斯·尼科尔：《达·芬奇传——放飞的心灵》，朱振武、赵永健、刘略昌译，武汉，长江文艺出版社，2006。

② ［意］达·芬奇：《达·芬奇艺术与生活笔记》，戴专译，77 页，北京，光明日报出版社，2012。

首先是音乐。音乐形成的同时，也是即刻消逝的，一个音符被演奏出来便立刻消失了，而画面可以持续存在；其次是诗歌。诗歌描绘一个人，无论美丑，只能在不同的时间里一点一点呈现，先说眼睛如何美丽，然后才能说身材如何窈窕，但画家可以在一个时间里全部呈现。

绘画、音乐、诗歌，哪个门类更重要，是艺术评论家可以争论很久的命题。达·芬奇引入了时间概念，一下子就把它说到了无须争辩的那一点上——只有绘画创作不受时间的限制，它可以同时呈现它的创作全貌。达·芬奇的全面修养，尤其是科学、医学等方面的素养，也把他的绘画水平提到了后人无法企及的水平。BBC拍摄的关于他画作的纪录片，运用 X 光透视等现代科技手段分析他的绘画时，发现很多难以解释的"奇迹"。天才尚且如此，何况我们普通人，我们更需要丰富的修养来提升我们的头脑品质。

修养与阅读

修养，离不开阅读。关于阅读前面我们说过很多，这里只有一点补充——作为修养的阅读，最好不要"偏食"。画家假如只看画册，电影导演只看电影，作曲家只听音乐，最后这些欠缺都会在创作中反映出来。

修养从宏观上说，首先应该是他的宇宙观、世界观。为此读些哲学物理甚至宗教著作都是很有益处的。其次是对生命的理解，对人、动物、植物以及所有生命存在的理解。为此我们可以读些生物学、植物学、环境科学甚至医学，可以帮助我们更好地确立人和自然界其他存在的关系。

为了增加修养而进行的阅读，有别于专业研究。我们了解哲学和哲学专业的研究有着诸多方面的差异。在当今出版物过于繁多的现状下，为了更有效地了解我们人类的精神遗产，我们可以做些源头性的阅读。比如世界文明的两大源头是东方和西方。东方以中国为代表，西方以古希腊为代表。作为修养读物，要了解中国的精神源头，冯友兰先生的《中国哲学简史》便很合适。这本书通俗易懂，正如作者在自序中强调的那样：**小史者，非徒巨著之节略。**冯友兰先生于全史中深入浅出萃取而得的精华，完全能够满足我们的需求。

相应的西方文明之源，也有一本言简意赅的好书，即《希腊精神》①。作者汉密尔顿②是美国第一个赴欧洲研习哲学的女留学生。《希腊精神》是她做希腊专门研究之余写就的一本通俗解读本。我们有时一听通俗字眼，立刻会联想到肤浅等。其实，深入浅出是大师的标志之一。因为能够做到深入浅出的人很少，这意味着比深入深出多了一道工序——把深刻的东西，首先在自己这里充分理解，消化成简单但又十分准确的表述传达出来，这不是一件容易的事。通俗绝不意味着浅显，这本《希腊精神》本身就是一本杰作。

---

① ［美］依迪丝·汉密尔顿：《希腊精神》，葛海滨译，北京，华夏出版社，2008。
② ［美］汉密尔顿（1867—1963）：古典文学家、作家，代表作品《罗马精神》《上帝代言人》等。

假如有人还想了解一下介于东西方文明之间的印度文化，推荐《印度艺术简史》①以及季羡林先生翻译的《五卷书》②，后一部很像《伊索寓言》。这方面的阅读还可以扩展到中国的神话传说，希腊神话，以至于日本的《今昔物语集》③……这些书首先滋养了他们本国的文学。

下

日常修养

写作者的修养，可以延伸到衣食住行。正如解剖可以帮助我们学习素描。作家的修养可以帮助他的写作。一个自己穿着邋遢的人，在描写衣着光鲜的人物时，肯定不会得心应手。一个吃饭不用碗盘，直接就锅狼吞虎咽的人如何描写美食，如何描写美食的仪式感，如何描写美食之美？一个从不听音乐的人如何描写音乐的意境……

在阅读章节中，我们提到一些我们无法亲历的事情，可以通过阅读的二手经验弥补。这个经验同样可以运用到我们的修养方面。我们可以通过其他作者对日常生活的描写，弥补自己观察不足。可以学习他人描写生活细节如何建立艺术感，培养自己相同的能力。《枕草子》④的作者清少纳言事无巨细地写生活

---

① ［美］罗伊·C. 克雷文：《印度艺术简史》，王镛、方广羊、陈聿东译，北京，中国人民大学出版社，2004。

② 《印度寓言集》，季羡林译，北京，人民文学出版社，2001。

③ ［日］源隆国：《今昔物语集》，金伟、吴彦译，沈阳，万卷出版公司，2006。

④ 日本平安时期女作家清少纳言创作的随笔集。于雷译，石家庄，河北教育出版社，2003。

中常见的小事情，从喝酒的酒态到令人憎恶的事情，从打喷嚏到令人愉快的事情，层层叠叠，细细碎碎地娓娓道来，阅读起来很有乐趣。因为她观察的细微，从喂养小麻雀，从小孩儿嬉闹的地方经过，我们也仿佛听到了欢笑声。读《枕草子》我们可以充分体会作者描写时的心境，体味她营造的日本生活的仪式感和艺术感，久而久之也会提高我们自身的艺术感。

还有一本更通俗的书，是美国人保罗·福塞尔写的《格调》[①]。这本书用作者认可的某种"格调"，把美国各个阶层挖苦一遍，不仅有阅读的快感，而且可以帮助我们了解阶层的特点。比如他认为美国最大的阶层是中产，他们的恐惧也是最大的，因为他们随时可能像螺丝一样被换掉。而发音尽可能轻而短促，是上层人士的作风。贫民阶层总是要喋喋不休地把每一件事重复上两三次（就像现在流行的重要的事说三遍一样）……染发是没有格调的事情，诸如此类。我们不一定照他写的去做，但这样拓展性的阅读，可以帮助我们写出更准确更生动的人物。

还有一本类似的书是英国人凯特·福克斯写的《英国人的言行潜规则》[②]，同样很好读。读后我们对英国人为什么总爱谈天气，关于他们的幽默和他们的拘谨也会知道得更多。关于英国人，我们从文学电影作品甚至足球诸多方面，已经有很多感性了解。但我们毕竟不住在英国，不和英国人过日子，不与他们为邻，那么上面这样的书就可以帮助我们在人际关系层面更加

---

① ［美］保罗·福塞尔《格调》，梁丽真等译，北京，北京联合出版公司，2017。
② 译者姚芸竹，北京，生活·读书·新知三联书店，2010。

了解他们。

也许有人会因此提出问题，我们是中国人，如此了解英国人有意义吗？这正是修养另外的意义：修养很像一个良性循环。我们越了解他人、他处，也就可能更加了解自己；我们越了解自己，面对他人时，无论观察还是下结论，都可能更准确。最后，这些能力都可以直接转化为我们写作的可能性。我们塑造人物，构建人物关系、情节，也会更加游刃有余。

修养还有一个特性，它紧紧围绕个人的兴趣点。除了前面说的范畴，其实作为修养的兴趣范围几乎是无边无涯的。你也可以读钻石大盗、野外生存手册、民国十大疑案、当预感来敲门、犯罪模式、科学探案、陶瓷史、珍稀昆虫图鉴、葡萄酒、普洱茶、罗马风化史、先天后天基因经验、什么使我们为人、蚂蚁的革命……这一切的前提都该是围绕着你的兴趣。

作家纳博科夫喜欢捕捉蝴蝶，他这个令他痴迷的爱好甚至被说成是他小说中的——蝴蝶美学。他曾经写过一篇短文故事，关于一个要去非洲捕蝴蝶的老头儿，令人动容。故事写的是一个老头儿，是蝴蝶爱好者。他一辈子的梦想就是去非洲捕捉蝴蝶，但因为生活所迫，一直没有成行。最后他有了这个可能性，卖掉了自己的小店，购置了所有需要的装备，但他……故事的结尾令人不忍说出来。总之，这个故事让一个不懂蝴蝶，不痴迷蝴蝶的作家来写，肯定不会产生这样的感染力。关于修养，纳博科夫也说过一段话：

我很清楚音乐和文学在艺术形式之间，有许多并行的东西，尤其是在结构方面，可耳朵和脑子拒绝合作，我有什么办法？我在象棋里找到了奇特的替代品——更准确地说，是在棋类问题的构成中找到了音乐的替代品。①

修养需要兴趣的陪伴。

---

① ［美］V. 纳博科夫：《固执己见——纳博科夫访谈录》，潘小松译，39 页，北京，时代文艺出版社，1998。

5　编织篇章

现在，我们终于要走进一篇文章。无论哪一种文体的文章，我们不妨把它想象成一段旅程。开头是起点，结尾是终点，中间是旅途中的内容。

我们想通过这篇文章表达什么，达到怎样的目的，可以理解为作者的任务；也是文章的灵魂；更是文章的主题。肩负任务的作者，选择怎样的路径，直行还是迂回，耗时多久，我们可以把它想象成文章的结构；也是文章的骨架；是作者对文章的构思。

知晓了任务，确定了路径，我们还需要选择表达内涵的方式。用记叙还是用说理；用虚构还是非虚构；用怎样的语言风格等，这些都是文章的血肉；也是文章的叙事方法；是文章风格的一个组成部分。

以上篇章的脉络，我们还可以进一步把它想象成是一个叙事过程，即讲述事件的过程。讲述事件发展就是叙事，即是按照作者事先想好的方式把事件的来龙去脉，发展和结局交代清楚。除了讲述，我们还可以采用对话和议论的方式进行表达。假如是一个阐明道理的文章，就是议论为主，有引文没有对话……

近些年出版的写作教材，关于写作课的概念也是五花八门，划分方法的标准也不统一。即使从事写作实践或教学的专业人士，也会感到混乱。只要在网上搜索写作结构、叙事、叙述方法等词汇，就会得到很多概念……

叙事方式，叙事手法……表现方式，表现手法……

记叙、描写、抒情、议论、说明……

衬托、象征、照应、反衬、烘托、渲染、虚笔、大手笔、层递、深化主旨、点面结合、主次、远近、白描、绘声绘色、对比、联想、想象、类比、修辞……

比喻、比拟、拟人、借代、夸张、对偶、排比、反复……

即使我们将这些总结性的概念都倒背如流，也能在文章鉴赏中找到对应，它对我们提高写作水平也没有真正的帮助。多数同学在中学已经学过这些，进入大学后他们的写作基础仍然是欠缺的。由此可见，这样解析似的写作的理论在我们付出很多学习时间后，并没有带来相应的效果。相反，它破坏了学习写作的根本——感悟。既然时间已经证明，这种传统的写作套路收效不佳，也许我们可以根据每个人自身成长经历的不同，根据各自世界观性格气质的差异，去悟一悟写作的门道。

这里本着简单明了、方便实用的原则，将写作一篇文章所能涉及的概念和方式捋清，一个接着一个解释。

6 主题是作者的责任

主题是文章的灵魂

一篇文章的灵魂与作者的灵魂是互为表里的。你是怎样的人，内心世界是怎样的；你文章呈现出的主题状态肯定是近似的。这也是很多作家都强调真诚的写作态度的原因所在：你的文章会"泄露"你的内心。

即使我们面对相同的主题，每个人所写出的文章仍然是不同的。比如命题作文——规定了相同的主题，但同学最后完成的文章都不相同。这也是为什么文学艺术一再强调个性的原因，因为它可以提供表现个性的自由和可能。

主题与作者的关系

主题是一篇文章的中心意思，是一篇文章的思想集中体现……是作者最想说明的那个意思，是作者最想达到的目的。

那么主题应该是怎样的？如果把这个问题向大家提出，就不如向作者提出。因为主题总归是作者最想说清楚的意思。我们这么强调一下，其目的在于唤醒作者的责任意识——主题是自己必须抓住抓紧，始终承担的责任。

主题必须正确。这是一个相对而言的说法。有些作者认为正确的主题，另外作者看法相反。因此，这里所说的正确也只是对作者的一个提醒，仁者见仁、智者见智。

在论文中，主题的正确性我们更需要明确：它首先在逻辑上必须正确。因为论理的过程中要遵循逻辑，主题隐藏逻辑错误，论述就是徒劳的。而一篇论文的主题也是它的论点；论点必须正确，逻辑上也必须正确，否则就没有论述价值。

关于主题，还有一些常见的谆谆教诲：主题要鲜明；主题要深刻；主题要有教寓意义……

主题，一方面是一个作者精神世界的反映，也是他思想水平的体现。要做到主题深刻，作者先要加强自身修养。因为深刻不是一种愿望，不是想深刻就可以深刻。

另一方面，主题也是作者世界观的体现。有些作者喜欢在自己的文章中给读者提供教诲；有些作者则不喜欢，他们不想把自己摆到一个比读者更聪明的位置上。关于这一点作者在动笔前要想清楚，做出选择。

主题鲜明与否，有些是与作者性格相连的，一如有人外向有人内向，不能一概而论。但无论哪种情况，一篇文章的主题显与不显没关系，鲜明与否也不是很重要，最重要的是它能被读者看到、感觉到、体会到，不能给读者造成混乱混淆的印象。

有些深刻作品的主题很难发现，但总有几个人一些人会发现。有些作品的主题多数人都能领会。但有些习作的主题，除了自信的作者，其他人都无法 Get 到，这只说明了一个问题，就是作者还不清楚自己到底要表达什么。

有些长篇文章，有多个主题。有些是多主题并行，有些是分为主次隶属。主题，当我们阅读他人作品时，方能感到它的复杂深奥和难以捉摸。就像我们在岸上研读了游泳理论，下水手忙脚乱甚至有生命危险一样，这需要我们练习。我们要学习从他人作品中找出主题，尤其是从那些高深作品中概括和归纳出主题，练习从作品中挖掘主题。

　　主题是作者埋到作品里的宝，我们把它找到挖出来之后，还要练习，怎么再把它"埋"回去。也就是说再去体会，作者是怎样，通过什么方法，把主题"埋"进去的。有了这个过程，我们才能在我们自己的作品中藏进东西，藏进深刻，而不是让一切都浮在表面上。我们在专业阅读中谈到的看门道，也包括这些。

　　海明威的小说《老人与海》，它的主题是什么？

　　1954 年，作者以这部小说获得了诺贝尔文学奖。小说主人公的原型是海明威的一位朋友，故事也是朋友的亲身经历。我们把小说的主题在不同的层面展开看看。

　　首先，小说讲的是一个老渔夫，独自在海上捕鱼；搏斗之后捕到一条巨大的马林鱼。但他的战利品在返回途中被鲨鱼吃掉，只剩下鱼骨架。

　　其次，老人与马林鱼的搏斗，象征了人与自然的争斗。在这一层面，小说充分体现了海明威的男人精神原则：可以被打死，但不能被打败。在这篇小说中，无论马林鱼还是老渔夫，都被赋予了这样的精神光芒——绝不放弃！绝不服输！

最后，老人战胜了马林鱼，拖着它在返回的途中，却遭遇了鲨鱼的进攻。最终老渔夫得到的只是一副鱼骨架，虽败犹荣。除了这种精神胜利，这个结局也暗喻了一个道理：面对自然，人是无法取得最后胜利的。

由此我们不难看出，一部作品的主题反映了作者对世界的认知，它和作者的关系密不可分，因此才可能出现相同的主题，不同的作者写出了走向完全不同的作品。这些需要我们首先在阅读中发现发掘，通过积累，逐渐融合到我们的作品当中。

7　密不可分的结构与节奏

结构与空间

结构一篇文章类似建筑一个房子；写作需要提纲，房子需要图纸。有的作家写作不需要提纲，尤其是创作短小文章，尽管如此，他也需要一定的酝酿。

在这一切之前，写作者和建筑师都需要先积累经验。我们也可以把积累经验这个过程看成是学习过程，之前我们探讨的阅读其实也是积累经验的过程。这些我们动笔前或多或少应该拥有的经验，宛如建筑师画下图纸，写作者写下提纲，没有经验我们是到达不了这一步的。所以，我们有必要先了解一点这个经验。

经验的特点是它永远也不会完整，就像作家三岛由纪夫所说的那样，所以它才是无止境的。先人留下的经验，即使是成功的经验，也是不完美的，所以才需要后人的经验完善它。这样形成的经验的链条，才能从古至今发展到现在。我们学习他人的经验之长——就是能够带给你启发的那类经验，来弥补自己的经验不足。借鉴经验最重要的意义还在于，我们再把自己的成功经验纳入其发展的长河，吐故纳新周而复始。对于我们初学者来说，怎样借鉴经验是我们首先要面对的。

……文章的格调和气质完全由古典的造诣而生。古典的美与素朴无论在任何时代都能打动人心，就算是包罗万象、人事纷杂的现代文章，要能不受当今的怪象扭曲，都必须在某些方面依赖古典以克服乱象。①

　　三岛由纪夫的这段话是一个提醒，在我们面对纷繁的经验时怎样选择。那么他认为学习借鉴古典经验，至少是一个安全方向，即使不能把我们带到很远的地方，也不至于将我们带入歧途。其一，古典经验是经过时间检验的；其二，了解了古典经验，也能更好帮助我们消化现代经典。现代、后现代的创新思想，都是针对传统而言。我们了解它所针对的、反对的，才能真正做出属于自己的判断——古典主义还是现代主义，哪一种更适合我们。

　　有了这样的甄别之后，我们进入到作品中看看一篇文章的构成。

　　结构一篇文章最需注重的两点就是结构和节奏。在古典经验的语境下，节奏是要制约结构的。这一点反映在我们的阅读上，就是可读性。决定作品可读性有很多因素，其中最重要的一点就是作品的节奏。它们之间的制约关系，我们稍后再讨论，先来看看结构和空间。

---

① ［日］三岛由纪夫：《文章读本》，黄毓婷译，160 页，南京，译林出版社，2013。

结构，我们不妨先想象一个空间，里面将堆放故事的材料，文章的素材。我们怎样堆放它们，没有计划、没有结构就意味着这个空间是一个仓库，我们的素材杂乱无章地堆放在那里，这当然不是创作。我们要进行的创作就是在这个空间里，让这些素材有秩序地摆放，让它摆放成立体状态，这样它们就能"撑"出一个新的空间，一个带框架的空间。有时我们评价一个小说、评价一幅画喜欢用的一个赞美，就是空间感很强，其实说的就是结构的效果。

在结构方面，古典经验首先要告诉我们的就是——条理清楚。其次是整体布局错落有致，对每个部分都要照顾到，也就是说，不让文章有塌陷，有亏损；也不让文章有堆积，有冗赘。

现在我们汇总一下上面所说的：结构就是建立秩序，达到条理清楚的目的。在文章的写作中，这一点表现为我们先写什么，后写什么，哪里多写，哪里简写。这时，我们回忆一下前面提到过的达·芬奇关于绘画、音乐、诗歌的论述，因为诗歌与音乐一样，不能像绘画那样在一个共同的时间里呈现作品，需要按照时间的顺序按部就班一个字一个字、一个音符一个音符地呈现作品，所以，我们说的空间的结构，先写什么后写什么，需要引入时间来建立顺序。这个就是节奏。

结构和节奏是密不可分的。

文章的主宰——节奏

节奏，对于一篇文章之重要，不亚于好的主题、好的素材、好的语言。我们看一部电影，被感染进而沉浸其中的观影效果，是电影哪个组成部分的功劳？好的电影故事？好的演员？好的导演？都是！但是又都不是。他们共同努力找到了一个好的电影节奏，才是电影完美呈现的最终保证。节奏好，一切都好；节奏不好，一切就都不好说了。

一篇节奏好的文章，其他都不好……这样的文章几乎很难见到，因为把握好作品节奏，是一种很高级的技能。那么已经达到这样高水平的创作者不可能在其他方面犯低级错误。换句话说，把握节奏是很难学习的，靠多看多体会，逐渐找到自己的感觉。很多创作者有思想高度，艺术手段也可圈可点，但缺乏对节奏的敏感，最后都可能因为节奏问题失去更多的共鸣。节奏，是作品和读者之间最直接的纽带。一部小说或者一部电影，让读者快速入睡，还是把他从昏昏欲睡中唤醒，很大程度上取决于作品的节奏。

节奏，让我们想起音乐的曲调。组成曲调的音符，其自身不是音乐。音乐是音符和音符的组合，音符的长短强弱的变化形成了曲调。文章中的节奏，靠的也是长短和强弱，我们可以把它理解为文章的详略。

详写或者略写，带来了行文的流动和变化，是构成节奏的最基本手法。什么详写，什么略写，都要服从作者的旨意，从根本上讲并没有共同的原则，尤其是文学发展到了后现代的今天，更是没有统一标准。有的作家用五句话描写一朵云，有的作家用五整页；有的作家一层层铺垫，为了一个吸引读者阅读下去的悬念；有的作家开篇剧透故事的结尾，不靠悬念吸引读者。总之，这是一个个性说了算的环节。

尽管如此，对主题主线风格有用的，要详写；其他的略写或者过渡性地一带而过。至于什么详写，什么略写，前面说了，这是个性决定的。无论怎样，详略是必须遵守的原则，只有这样才能避免把文章写成流水账。流水账意味着事无巨细，那么结果就是令人昏昏欲睡。

以上我们简单介绍了结构和节奏所涉及的空间和时间，下面我们进入文本中，看看它们的文学表现。

叙事的原则

叙事，就是我们把空间的素材按照一定的时间顺序，结构起来。我们先讲什么，什么多讲……在文学表现上总体上被归纳出两种叙事方式：线性叙事或者放射性叙事（也有文章把后者称为环形叙事等）。

线性叙事：按照时间顺序组成叙事的递进关系。一篇文章从开头到结尾，铺垫加强，发展直至高潮，逐步增强叙事效果，就是线性叙事的面貌。托尔斯泰的《安娜·卡列尼娜》就是这样的结构方式。小说通过描写安娜和渥伦斯基这一对贵族男女的相识相爱，描绘他们的爱情所遭遇的困苦和迫害，描绘男女主人公各自内心的变化，最后将这个爱情故事推上毁灭的悲剧顶峰。

在线性叙事中，还可以分为单线、多线平行穿插等方式。

在《安娜·卡列尼娜》这部作品中，除了安娜和渥伦斯基这条线，还有安娜和她的丈夫孩子，基蒂和列文夫妇等多条线索。它们是平行穿插在故事中的。

放射叙事：从一个中心点向外散发，目的在于所有的放射最后落回到中心点，达到凸显主题的目的。电影《十二怒汉》[①]就是放射叙事。故事围绕的中心点是被控告杀人的男孩，罪名成立还是不成立，而这取决于陪审团12个男人的意见。按照美国陪审团制度，刑事案件陪审团必须全票通过，才能进行裁决。《十二怒汉》这个故事展现的就是每个成员的态度以及转变。反对男孩有罪的票数由1票开始……这是一个发生在一间屋子里的惊心动魄的电影。

严格说来，线性叙事或者放射叙事，它们在行文中是不能完全区分开的。放射叙事的内涵递进也呈现隐形的线性走势。比如《十二怒汉》的故事，线性的递进表现在男孩命运的发展，从最初的有罪一点点变化到无罪的过程。因此，我们没有必要严格区分哪一种叙事，叙事方式之间都会产生一些内在的关联。

另一个放射叙事的典型故事是电影《罗生门》[②]。这个故事的核心点，是一个武士在丛林中被杀。所有涉案人员向警察陈述的"事实"都不相同。这个武士被杀，被谁杀害，是否是自杀，等等，每个涉案人员出于利己目的，说出的真相都不相同。罗生门（Rashomon）这个词汇因此进入很多语言，表示无法确定真

---

① 美国电影，导演鲁迈特。
② 日本电影，导演黑泽明，改编芥川龙之介的短篇小说《筱竹丛中》。

相等意思。

很多文章中，作者同时采用两种甚至多种叙事方式。比如线性叙事过程中，为了凸显某些局部，进而对每个分支一一叙述，最后再集中起来继续线性推进。在阅读中，我们要通过时间建立对作品结构的敏感，重点就是发现它的叙事方式以及叙事方式的综合运用。对初学者而言，单一叙事方式是很好的入门途径；在锻炼作者整体布局等方面，线性方式比放射方式更全面，也更好把握。

讲述的方法

确定了叙事方式，作者仍需做出进一步选择。无论线性还是放射性叙事方式，在讲述方法上我们都可以做正叙、倒叙、穿插叙事等。

正叙，就是按照事情的发展脉络进行叙事。倒叙，就是把事情发展的脉络打破，将应该在后面的结局提到前面讲述，目的是为了强调或者烘托某种效果。其实，倒叙，我们可以理解为一个特殊的开篇方式，达到了引起读者注意的目的之后，还是要回到"正叙"，按照事情发展的来龙去脉讲述。插叙，就是在线性叙事过程中，插入另外的叙事，像是一个"打断"。最后还有一种情况，有的作品不是将结局提前，而是将中间某个段落挪到前面，作为开篇。

前面提到的《安娜·卡列尼娜》就是正叙事，从两个主人公相识写起，写到相恋相爱，结局是爱的幻灭。

《廊桥遗梦》[①]这个小说采用的也是倒叙，从两个主人公过世后开始故事，回溯他们曾经的爱情。

《了不起的盖茨比》[②]《恋情的终结》[③]等作品，也是采用倒叙的方法，但不是把结局放到开篇，而是将中间的某一个事件提到前面。一边回头补述过去发生的事情；一边与读者一起向未知的结尾推进故事。第一个故事中，叙述者"我"与盖茨比相识时，后者已经发迹，但还活着。第二个长篇小说中，第一人称叙事者"我"遇见过去恋人的丈夫，引出一对恋人的过去，随着故事的发展，最后才出现这对恋人最终的结局。

在现代派作品，尤其在小说中，作者把握结构和节奏时与古典经验不同。现代小说的结构渐渐不再像传统小说那样，以节奏为前提。有些作品结构新颖，但叙事节奏十分缓慢，甚至违背惯常意义的阅读习惯。比如在普鲁斯特的《追忆似水年华》这部名著中，有时作者用十几页的篇幅描绘一个景物，描述一个沙龙等。读者无法用惯常经验完成这部多达七卷的鸿篇巨制的阅读，但我们不能因此说，这是一部节奏糟糕的作品。这样打破传统叙事的现代作品，其存在意义就在于创新。它更新了作家的写作经验，也更新了读者的阅读经验。其目的是为了向读者展示他们认为比情节更有意义的存在。

---

① ［美］罗伯特·詹姆斯·沃勒：《廊桥遗梦》，梅嘉译，北京，外国文学出版社，1994。

② ［美］菲茨杰拉德：《了不起的盖茨比》，巫宁坤等译，上海，上海译文出版社，1983。

③ ［英］G. 格林：《恋情的终结》，柯平译，南京，译林出版社，2000。

文本时间

前面概述了结构和节奏，下面关于节奏，我们再补充一些内容。这些内容可以让我们更清楚，为什么作者可以控制节奏，通过怎样的方法。

在文章中，尤其在虚构作品中，我们之所以可以主宰详略，决定哪里多写，哪里少些，是因为在叙事中有两个时间概念。详写的部分，意味着我们写得多，我们在那里停留的时间长；因为我们写的内容多，那里发生的事件也多，因此需要的时间也长。略写的部分，无论内容停留的时间还是我们叙事需要的时间都少。

这就是文本时间。文本时间与事件发生的真实时间最大的区别，我们用一个例子就一目了然了。**"我吃了一顿还不错的晚餐，打发了那个沉闷的夜晚。"** 这顿饭的真实时间也许半小时，也许一小时，但它的文本时间就是一分钟甚至更短。作为作者，我们不能控制和改变实际时间，哪怕这段时间里发生的事情我们认为很无聊。但是，进入到文本时间，就是作者的天下，作者可以说了算！他可以把这段晚饭用一个句子打发掉，写这个句子他可能只用了几秒。这就是文本时间和实际时间的区别。

文本时间，可以把它理解为故事中发生的时间。比如《十二怒汉》，他们在电影中争论整个案情直到最后做出判决，是电影的时长，一个多小时。这就是文本时间。但这些男人"真正讨论的时间"，按照故事中的提示，持续了几小时，是实际发生的时间。我们清楚这一点之后，就能更好地理解详略的意义。

递进

递进，是结构和节奏必须共同建立的作品态势。任何一部优秀的作品，无论它采用什么样的叙事方式和讲述方法，在文章的发展中，它一定是呈递进态势的。这种递进的强度越强，最后作品的感染力或者说服力就越强。

我们欣赏一部交响乐，无论贝多芬的《命运》①还是西贝柳斯的《芬兰颂》②，在作品接近尾声时，听众的情绪在潜移默化中逐渐积聚到了一定程度。这种情绪最后在作品的高潮中绽放开来，化成热烈的掌声。这掌声不仅仅是对音乐完美演绎的嘉奖，也是观众对交响乐从开始逐步建立的递进关系的一个认定。他们被感染了，靠的就是作品中作者建立的递进关系。

在强调节奏时，我们一定要了解递进。节奏是为递进的建立服务的。一个好的节奏，哪里停顿，哪里疾走，其实都是为了保证顺利到达目的地——把你心中想要传达出去的一切，完美塞进读者的心里。我们切不可以把节奏单纯理解为文章的行进速度，单独看这个速度没有意义，重要的是它携带了怎样的内容。这个内容和节奏的快慢结合起来，它们最终一致的目的就是增加作品的表现力和感染力。

---

① 贝多芬的第五交响曲。
② 西贝柳斯的交响音诗。

如何避免节奏拖拉

答案：慢慢写。

三岛由纪夫说：

> 文章奇特的地方在于，匆匆写就的文章不一定紧凑，而节拍紧凑的文章往往是长时间苦心经营的结果。关键在于密度和节奏——文章写得快，密度就疏松，读者读起来也就没有紧凑感；慢慢写的话，文章当然相对压缩，读起来就有强烈的张力。[①]

这段话是经验之谈，而且是多数作者的共同经验。写得快的文章，最后都读得"慢"。或者说，这样的文章我们读不了快，因为写得多、芜杂……缺乏可读性。另一种一蹴而就的文章，我们也读不快，甚至读不完；因为它的行文匆忙、狂乱，令人心烦无法卒读。当然，不是所有写得快的文章最终都有这样的阅读效果，总体而言，快写的文章不好的居多。

写文章要表达的，除了内容还有情绪和思想，写作者充满感情激情都很正常。但怎样把它们表达到位，却是理性思考的产物。即使一篇激情四射的文章，也需要理性思考它的结构。匆匆写就意味着没有留给理性思考琢磨的时间，作者完全被情

---

① ［日］三岛由纪夫：《文章读本》，黄毓婷译，153 页，南京，译林出版社，2013。

绪驱使，跟着激情奔跑。最后文章的感染力并不是 1∶1，我们不会因为作者的高亢而激愤，通常也不会因为作者的悲伤而难过。一如我们看见一个号啕大哭的人，全无泪感；却能为一个默默的眼神流泪。

感性的表达，需要理性的设计。

修改出的节奏

修改，是文章保持节奏的另外一种有效手段。很多文章的详略把握，节奏弛缓都是成文之后修改出来的。修改文章时，作者可以获得旁观者的视角，可以更清晰地判断，砍掉芜杂。很多名著修改时间长于创作时间，也有的名著写作时间几乎等同了作者的寿命。

除了修改，写完一篇文章同样重要。初学阶段，很多人总是写不完一篇文章，很多因为文章写得不理想半途而废。这是一个应该严肃对待的问题，因为节奏只能通过作品的整体表现出来，不写完，作者就无法从整体上去把握节奏，也谈不上学习把握节奏。因此写完很重要，即使一篇不理想的文章，甚至不成立的文章，完成它也有意义。一篇文章写完，成为一个整体之后，即使是失败之作，也会向我们展示出优缺点。我们从中发现的问题，可以尝试在下一篇文章中避免重犯。有些追求完美的人，长时间无法完成任何一篇文章，很可能已经是心理问题。追求完美变成我们不完成作品的借口；我们不完成作品，人们就不能评价它是否完美，这就是这种心态的心理症结。在生活中我们见过这样的人，他们有很好的文学修养，也有写作的想法，但动笔一遇到困难就放弃，久而久之，变成无法医治的"眼高手低"，再也无法动笔。

动手完成作品，还可以在阅读方面帮助我们消化和借鉴好的经验。我们自己在创作中遇到的难题，阅读中可能会发现别人的解决方法，拿过来借鉴。反过来，我们有了更多的完成作品的经验，也有助我们在优秀作品中发现更高级的门道。

节奏的天敌……

节奏的天敌有很多，其中废话连篇造成的啰唆，故弄玄虚带来的卖弄等，都是节奏的致命伤。

小说家亨利·詹姆斯①的一段话，为我们指出了另一条小路，在这条路上，也许我们可以较为容易地保持住我们的节奏。

……我所能够想到的，附在小说写作上的唯一条件，正如我已经说过的那样，无他，只是必须真挚而已。②

真挚！

詹姆斯认为真挚是写作的一个自由，一个了不起的特权。他认为，年轻的小说家要上的第一课，就是学习，怎样才不至

---

① ［美］亨利·詹姆斯(1843—1916)：小说家评论家，代表作品《一个美国人》《金碗》等。

② ［美］亨利·詹姆斯：《小说的艺术》，朱文等译，30 页，上海，上海译文出版社，2001。

于辜负了这个自由的特权。

　　我们稍微延伸一下他说的真挚。真挚，我们举出几个它的同义词：老实，本分，扎实……我们想象或者回忆一下，在我们的记忆中，那些老实人很少有口若悬河的。那些不善言辞的人，说出的话通常都是有很重要的信息和内涵。用本分扎实的真挚，在内心要求自己，说不定就可以减少我们书写作品时可能要犯的错误。很多文章中的毛病，都是作者毛病的反映。假如我们把这种创作态度，融汇到写作的每个环节中，不仅有助于我们掌控节奏，而且可能减少别的写作毛病。

8　遣词造句

　　有人问罗摩克里希纳①，人类使他感到惊奇之处是什么。他回答，当他们受苦时，他们问，为什么是我？当他们幸福时，他们从来不问，为什么是我？

　　这段话里用到的词汇大概有以下几个——人类，惊奇，受苦，幸福。

　　这个几个词也是我们非常熟悉的。但我们读到这段话时出现的反应却崭新的，惊讶的……他的总结是我们从没想过，却是应该想到的……

　　也许，由此可以引发出一个思路：词句就像绘画的颜料，曲调的音符，它们本身没有什么，但它们被组合，被运用到某个创作中，它们就被赋予了魔力。

　　被谁赋予了魔力？你的心灵。你的智慧。你的天赋。你的头脑品质。你的修养。总之，你的内在！

　　野渡无人舟自横，韦应物的这句诗里，"野"和"自"这两个字，用作定语和状语所刻画出的意境，既生动又深远，还有几

----

　　①　[印度]罗摩克里希纳(1836—1886)：宗教改革家。

分顽皮。这就是用词恰当所致。

你的内心有了要表达的内容，这个内容进入到你手里攥着的成千上万个词汇里。你要表达的内容在你的词汇里邀游，寻找最适合的词句，把它们像积木一样搭建起来，表达出你内心想说的一切。这就是这一节我们探讨的话题——遣词造句的常识。

准确　简洁

《武士道》[①]这本书里作者提出一个观点，当我们要做什么事时，必定有做此事的最好方法。而最好的方法应是最经济的，同时也是最优美的方法。斯宾塞先生对优美下的定义是，动作的最经济的态度。茶道的仪式规定了使用茶碗、茶勺、茶巾等的一定方式。在新手看来未免乏味。但他马上就会发现，这套规定的方式，归根结底是最节省时间和劳力的，换句话说，是最省力的——因此，根据斯宾塞的定义，它是最优美的。

优美的，首先应该是简洁的。

我们可以在这个特定的语境中这样理解这段话。当然也有很多优美的东西，并不是省力的。回到用词上，假如我们做到了准确，基本也就做到了简洁。准确定义一个概念，描述一个情景，刻画一个人物，都不是说得越多越好，也不是说得越多越准确。

在任何文章中，我们用词首先应该做到的就是简洁和准确，

---

① ［日］新渡户稻造：《武士道》，张俊彦译，北京，商务印书馆，1993。

能用一句话说清楚的，不说两句，前提是说得准确。此外，简洁和准确也是相辅相成的。准确意味着简洁，准确的描叙，叙述和论述，从来没有啰唆的。另一方面，简洁也是准确的基础。为了准确行文，甚至复杂也是简洁的；只是它简洁地说出了很多层面，总体上看是复杂的，但每个层面肯定也是简洁的。啰唆从不意味着复杂，啰唆意味着混乱；而混乱无法达到准确的目的。

有人认为，语言的张力和完美，是受篇幅限制的。写得冗长，堆积了很多辞藻，语言是不会产生张力的。也就是说，语言不会有好的效果。

我们随机拿出的一本书，随机翻开的一页，以找到的两行话作为例子，具体分析一下，简洁和准确是如何亲密无间的。

　　　　我们在办公室前面下车后，我还听任她们劝我一起又喝了最后一杯茴香酒。

　　　　虽说遗憾，可实际上后来想起来我倒很高兴自己这样做了。因为紧接着第二天就出事了。

这两段译文选自美国著名作家亨利·米勒的作品《北回归线》。[①]

第一段话，我尝试改成这样：在办公室前下车，经不起诱劝，我和她们又喝了最后一杯茴香酒。

为什么这样改，我们具体陈述一下理由。

---

① 　［美］亨利·米勒：《北回归线》，袁洪庚译，兰州，敦煌文艺出版社，1993。

我们在办公室前面下车后，我们，就是后面出现的我和她们，为了行文流畅，所以去掉了。下车后，下车就意味着下车后，我们不能想象一个没完没了的下车。前面，在这里是用词不够讲究，也不够简洁，去掉"面"，没有任何影响。

我还听任她们劝我一起又喝了最后一杯茴香酒。

假如我们先读一遍这个句子，语感就会让我们意识到，这是一个病句，或者像一个喝醉酒的句子。在一个句子里出现两个"我"，除非必须，否则就是必须避免的。两个相同的词临近出现重复，会破坏行文。

我们再从句子内容的逻辑看，我听任她们劝我一起又喝了……可以理解为她们劝我，我没经得住劝，又喝了。**经不起诱劝，我和她们又喝了最后一杯茴香酒。**这样改过之后，句子简洁的同时也没有歧义。也许有人担心"经不起诱劝"，这个无主句，会引发疑问；但我们读过之后，根本没有担心的必要。省略掉的"我们""我""听任"等，改后没有影响意思，没有出现人称关系的混乱，反而使语言更流畅了。

第二段改成这样：**虽说遗憾，回想起来，我还是很高兴这样做了，因为第二天就出事了。**

原文语句中**实际上后来想起来**，就是回想；**我倒很高兴自己这样做了**，我做了，就是我自己做了，还能是别人做的吗？**紧接着第二天**，这个语境中第二天还能指一年后吗？

这里就不一一举例，动脑筋细致琢磨语句之间的关系，是初学打基础时的辛苦功课，但也是必需的。一旦养成了好的语言习惯，有了好的语感，就不用再反复思考，行文自然而然就舒畅了。在遣词造句方面需要精细的态度和耐心。

独特与文采

遣词造句除了准确和简洁，还有一个同样重要的特点就是——独特。比如，你选取的词汇是读者明白但没有想到的。这就需要作者拥有大量的词汇，字典是获得途径之一。前面的章节里，纳博科夫也提到了这个点。

字典很有用，尤其对初学者。比如，同义词就是很见功底的。难过和快乐，我们能列举出的同义词越多，我们运用时选择余地就越大。

词汇量的占有，还可以满足不同文体的需求。论文、散文、小说，这三大文体对于词汇的要求各有偏重。那么我们的阅读也需要相对的广泛。

每个作者积累词汇的过程中，或多或少会受到作者性格的影响。马克·吐温①很幽默，善于讽喻，同时也善于刻画儿童；因此他的文章中，幽默和童稚所占的比例很大。文风，决定行文；行文决定词语。

多，才能提供选择的可能；筛选之后才能独到；独到才能凸显风格和文采。

---

① ［美］马克·吐温（1835—1910）：著名作家，代表作品《哈克贝利·费恩历险记》《汤姆·索亚历险记》等。

锤炼

小到遣词造句，大到行文语言，我们对它的掌握就是锤炼。除了字典外，书写所需要的语言还不同于我们平时的口语。

我们经常可以通过一个人的言谈推断出他是否有文化，为什么？因为他说话不仅条理清楚，而且生动、富于表现力。他所用的语言既不同于口语，也有别于书面语。这样的口头表达是怎样形成的呢？

——通过写作！一个人具有写作能力，写作时运用的书面语言，久而久之，会淬炼他思维的逻辑性，思考的缜密性。这样的训练对思维方式产生影响，逐渐也会对一个人的口语产生影响。口语中经常夹杂一些"啰唆词"，比如然后、然后；那个、那个甚至英语中的 you know、you know 等，为什么？因为这些看似无用的插入，是为大脑组织要表达的内容争取时间。而写作者的大脑在整个写作中一直受到这样的锻炼，久而久之，他们的大脑在口语表达时，就不再需要额外的思考时间，已经有了思维的惯性。假如我们把日常生活中普通的口语录制下来听，我们会惊讶地发现，生活中的口语是多么芜杂，有时啰唆有时残缺，非常不严谨。一个文化人口头表达的素养就是通过写作和阅读，"过滤"了口语，简化了书面语，将两者融合起来形成了完善的口语表达。

我们从小到大，先会用的是口语。没有写作的可能性（这里指写作的能力，而非职业），很多人一辈子只说口语。在写作练习过程当中，口语也是我们最初的帮助，同时也是我们的障碍。

口语像一匹野马，我们要骑上它驰骋，首先要驯化。淬炼语言也是如此。

确立语言表达风格

我们谈语言表达风格，其实最需要了解的应该是，我们如何确立语言表达风格。通过阅读，我们有意无意地模仿我们喜欢的风格，模仿那些作者的语言方式。我写作初期就很着迷法国作家杜拉斯的语言。

但是，我们所喜欢的，随着时间的检验，未必是适合我们的，这里还涉及我们对自己的了解。从青春到老年，每个人对自己的认识都会发生变化，作家更该如此。随着阅历增加，我开始喜欢与杜拉斯风格完全不同的作家，自然就不再借鉴她的语言了。最幸运的作家就是选用适合自己性格的语言风格，比如托马斯·潘恩①！他参加过起草美国《人权宣言》，是一个彻头彻尾的反对派，他的语言也绝无姑息，一如他的性格。他最后遗骨飘零，不知落在何处，这种真诚以及由此产生的风格把他的小册子《常识》②变成了经典。

他说，社会是由我们的欲望产生的，政府是由我们的邪恶产生的。……社会在各种情况下都是受人欢迎的。但说到政府，即使是在它最好的情况下，也是一件免不了的祸害。而一旦碰

---

① ［美］托马斯·潘恩（1737—1809）：著名思想家政治家，代表作品《常识》《人的权利》等。

② ［美］托马斯·潘恩：《常识》，何实译，北京，华夏出版社，2004。

上它最坏的时候，它就成了不可容忍的祸害。

阅读思考，自我认知的过程中，我们会逐渐加深对自己文风的认识。写作过程中语言的运用也会在两个方面深入：一方面深入生活，增加口语的积累，在大街小巷留意人们怎么说话，留意人们说话表现出的生动性；这会增加我们语言的鲜活和生动。

另一方面的深入是钻进书本，看看作家说话多么高明；不同的作家表达（即使通过蹩脚的翻译）上的迥异；偶尔翻翻字典，在浩瀚的辞海中发现一些我们不熟悉的美丽字词……这些积累达到一定量，我们在写作时就会感到最初的得心应手。

在大量阅读的初期阶段，那些吸引我们的段落，我们可以把它抄录下来。就像书法练习，临摹字帖，写字就会长进一样，这样的抄录会潜移默化地培养我们的语感。你抄录的是自己喜欢甚至崇拜的作品，愉快获得启迪的同时，我们还学习了他们是怎样串联语句的、怎样完成不用连接词的过渡、怎样靠语句内容关联完成过渡和转折等，这些文法方面的训练对打好写作的基础很有好处。

通过这样的锻炼，也能帮助我们逐渐把语句与语句之间的"零碎"去掉。比如，虽然、但是、如果、然而等。

此外，我们还可以在这个过程中，发现很多用词的恰当和独特。一个我们熟悉的词汇，被用出我们没有想到的表现效果，就像我本章开头举出的例子。

对待生僻字词，我们在阅读中就要有一个认真的态度，不要轻易把生僻字词放过去，克服惰性，养成动手查字典的习惯。学习多少生僻词汇并不是十分重要，重要的是通过各种契机，养成我们查字典的好习惯。很多词，尤其是成语古语，因为流传过程中的误解，很多字义词义我们并没有准确地理解，甚至以讹传讹。查字典不仅可以丰富词汇，而且可以精准用词，保证运用的准确和恰当。

语言的重要性以及它的变化

卢克莱修①认为，文字就像永恒移动的原子一样，通过组合，创造出诸多奇迹。古今很多名家认为世界的种种秘密都包含在书写符号的种种结合之中。意大利作家卡尔维诺说，想象必须成为文字，才能看到所谓文学效果。由此可见，语言在文学作品完成度方面的重要性。

卡尔维诺关于语言另外提到的一点同样很重要。他说，构思之后，最恰如其分的表达，就是找到最适合的语言表达。有过写作经验的人经常遇到的难题恰好也说明了这一点：我们一遍又一遍地开头，似乎怎样都是不对的……诸多尝试后，终于找到一个可以写下去的开头！这个过程就是寻找恰如其分的语言表达，是给全篇定调子。

——一切都将降落到文字上！

---

① 卢克莱修（约前99—约前55年），古罗马末期的诗人和哲学家，代表作《物性论》。

随着社会发展，语言也在不断变化中。每年都有新词公布。此外，很多网络上的流行语已经走入社交，影响着我们的表达方式。比如"官宣""皮一下""咸鱼翻身"等。这些词汇的流行，时间会让我们看到它们的归宿。

语言在人们使用它的过程中，更贴切地传达我们对生活的感受，是每一个作者都应有的敏感。鲜活时髦的词语会增加文章的表现力、亲和力；与此同时，如何保持语言的纯正和经典，也是每个作者不容忽视的方面，甚至是更重要的一个方面。时代潮流的变化，大浪淘沙，那些没有价值的泡沫总会被时间撇除。语言的经典性一如其他亘古不变的事物，是写作赖以存在的根本。

当下文学语言，尤其是媒体传播方面，深受人类自我膨胀的影响，人们越来越追求大尺度的刺激，从我们的视觉到味觉都是强刺激。渐渐地，我们也失去了对本原的感受，这种偏离无疑是一个小小的歧途。

语言，需要饲养，需要打理，需要追求完美的马拉松精神。但当下语言表达的常态很不严谨，对字词句的要求全面拉松。很多文学出版物，尤其是译文的水平令人担忧。媒体无论是在书面还是口语表达频现文法错误，表达平庸，这些都在拉低我们社会语言的整体水平。面对这样的语言环境，写作者需要认真思考。

9 句句相连

写作不是一件容易的事情，有人说，它至少跟弹钢琴一样不容易。一部二十万字的长篇小说是由不可胜数的句子拼接出来的，无论用逗号、句号还是其他标点符号隔离出来的一句句话，需要我们一个字一个字码出来！想想已经很累。

此外，写作过程中最常见的心境之一，就是自我怀疑。哪怕是刚刚写下的几个语句，也会遭到自我怀疑的折磨。写得不够好。再写，再否定！再写……最后胜出的人成了作家，他们靠的是信心。也许摇摆就是信心的摇篮，在我们真正确立信心之前需要鼓励，哪怕是天才作家，他也需要鼓励。作家缪里尔·安德森在一篇关于写作的文章中提到了这种鼓励。他的大意是，在你学习写作，作品通向付印的路途上，最好有个人，他认为你行，鼓励你。他就有这样的一位父亲，在关键时候喊一嗓子——你当然行！

当我们觉得自己——行——的时候，就会信心大增！最后能让我们在写作的道路上走很远很久，信心功不可没。信心带来耐心，耐心带来细心，最后，我们俯身到文章的每一个句子时，才会具有某种工匠的心境。这对创造每个句子很有帮助。

回到正题上，我们谈谈句子。

我们要谈的是句子和句子的连接。组成一个句子，即造句严格说不属于写作范畴，属于中学语文的文法。

句子需要连接吗？

在中学作文中，我们学了很多起连接作用的虚词，比如，虽然、但是、可是、然而……这些词通常情况下被用来连接句子，承接段落的转折等。下面我们通过例子看看，句子是否需要这样的连接。

　　　　因为他生气了，所以我担心他会犯病。

　　　　虽然我很有经验，但是我不一定有把握，因为驾驶货车和驾驶跑车，显然是两回事。

这两个例子，在当今大学生的作业里很常见。第一句，我们把**因为**和**所以**去掉，意思根本没有变化，但句子简洁了。

第二句去掉**虽然**、**但是**（或者保留）、**因为**和**显然**，效果也是一样的。甚至语气也没因此减弱。为什么我们会随手写出这些毫无意义的连接词？原因有很多，其中主要原因就是在语文基础教育中，没有培养锤炼语句的意识，当然更谈不上习惯。我们现在中小学生都不写毛笔字，直接后果就是大学生的字普遍不好看，道理是一样的。加上我们现在对语言的要求很低，导致语言呈泛滥态势。好的语言，即使是非常自由松散的，也是锤炼之后的自由和松散。就像我们说的难得糊涂一样，是"聪明"之后的糊涂，不是最原始的糊涂或者混沌。

一般说来，我们可以这样理解句子和句子之间的联系：它们的关联是内容上的内在联系，不是靠关联词联系的。它们的这种关联有时需要关联词语，有时不需要。总之，即使没有关联词语，它们也能连接起来。关联词更多时候起的是强调语气的作用。

这些都属于很基础的问题，对此，我们需要有意识。只有注意到这种语言现象，才能在书写每个句子时警觉，时刻提醒自己——注意简洁，注意内在关联！只要我们有意识，假以时日去完善，直到完美。

什么是语感？

我们先说说乐感。乐感被称为人类七大智能之一，是一个较为抽象的概念。简单说，就是我们对音乐的感受。音乐和一个简单的声音不同。一声爆炸的巨响和一声悲惨的哭嚎，都是简单的声音，而音乐是一个复杂的构成，音高、节奏、旋律等，我们的感官去感受后者时需要学习和训练。当我们的感官获得这种能力后，我们就有了乐感。这种能力可以先天遗传，也可以后天培养。

语感和乐感，同理。

句子与句子的连接，最终的效果是构成语感。一如音符与音符的连接最后要构成乐感一样。一首好听的乐曲或者歌曲，没有一个音符是多余无用的，只有这样才能保证它的流畅和优美。语感也是一样的，一篇好文章肯定有很好的语感，读起来流利通顺起伏有致，极像一首好听的歌曲。没有任何一篇好文章，我们朗读时是拗口不流畅的。

培养乐感需要我们多听音乐，多体会。培养好的语感除了多阅读，偶尔也需要我们朗读好的文章，在感官上留下印记。练习这个，最有效的途径就是读诗，读好的诗歌。

假如是国外的诗歌，我们不能读原文，尽量选好的译本。我们可以通过朗读判断诗歌翻译的优劣：读起来有韵律感，不拗口就好。下面我抄录一首里尔克的诗，译文稍微有所改动，就是为了突出韵律感。

神啊，是时候了，夏天盛极一时
把你的阴影放到日晷上
让风吹过牧场吧

为了枝头最后的果实饱满
再给它们两天南方的好天气
催它们成熟，把
最后的甘甜压进浓酒

此时，谁没有房子，就不必建造
谁孤独，将永远孤独
醒来，读书，写长长的信

在林荫路上不停地徘徊

落叶纷飞。[1]

诗歌中每个句子的叠加，意境的层层更迭，伴随我们朗读时流畅的语感，给我们带来优美感觉的同时，我们也被它的内涵深深打动了。语感，是优美文章的标志之一。

视觉和语句　印象和感觉

我们描绘一个场景，一个景物，是我们视觉所见在先，还是文字在先，写作者的个人经验是有差异的。假如讨论，和鸡生蛋还是蛋生鸡很类似。视觉、印象、记忆和感觉，这些因素，在我们用语句描绘时，都是混在一起的，对此我只能谈一点个人经验。记忆可能唤起一个印象，在描绘时，我借助视觉上的画面感，建立描绘顺序：由远及近，从左至右，由大及小等。下面我们来参考一个例子。

顺着走廊似的石台阶一直朝里边走去，脑子里浮现起父亲和母亲的事来，与此同时，让日光沐浴着，那种天空的明朗，使人置身此地，格外感到自己身上的一种新鲜感。看看脚下，仰脸望望天空，周围的山峦，古杉粗大的树干，

---

① ［德］里尔克：《秋日》，北岛译，网络。

苔藓的色泽，看上去都像是在晴朗和暖的阳光里复生了似的。[1]

这段文字选自日本作家横光利一的散文。作者的笔触，每个句子跟随他的感官。从他的感觉，我们一点点看见了他的心情。他描绘的一切遵循人的自然感觉，自然、亲切、朴实……一点一点地感染我们，好像他沐浴的阳光也照到了我们的脸上。这种同感不知不觉拉近了我们与他的距离，然后体会他的心情就变得很容易。好像我们也与他一起走进他父母安放遗骨的殿堂，完全明白他这样描写自然环境所表达的心境。

由此可见，朴实无华的言语，最容易产生感染力，这也是最基本的同理心。我们琢磨句子时，勿忘内心的感受，勿忘为人的本分；然后才是文采和作家的雕琢。这样写出来的语句，才能避免矫揉造作和虚假。

---

① 引自《母亲的茶》，选自［日］横光利一：《感想与风景》，李振声译，43—43页，桂林，广西师范大学出版社，2005。

10　开头……

与开头有关的……

从这里开始，我们就顺着文章的入口，到文章（不论什么样式的文章，里面的路径都差不多）里面转一转，最后再从出口，从结尾那里出去。途中，遇到写作之外的事，我们再随时进出。

开头，一篇文章的开头，一部书的开头……我们都可以简单理解为——开始！开始可以是第一句话、第一段、第一层意思等。有的作品用一句话就开头了，有的多些，总之开头是作者的亮相。我们去一个陌生人家拜访，主人开门前，我们经常会调整一下自己的状态，希望给人家留下一个很棒的第一印象。这就是每个作者开头之前心里反复盘算的事情。

因为每个人的打算不同，目的不同，于是，成千上万的作品开头也不同。那些好的亮相，也就是作者独特的想法，顺利完美表达出来的好开头，就留下来被我们传阅了。我们也可以这样理解：一个好的开头，是容易让人记住的。容易让人记住的，一定是独特的。

　　哲学在中国文化中的地位，历来被看为可以和宗教在其他文化中的地位相比拟。在中国，哲学是每一个受过教育的人都关切的领域。从前在中国，一个人如果受教育，首先就是受哲学方面的启蒙教育。儿童入学……要读《论语》……孩子刚学认字，通常所用的课本《三字经》……"人之初，性本善"，便是孟子哲学的基本思想。①

这是《中国哲学简史》的开头。这部书有三十多万字，但短短几行字，就实用而且鲜明地指出了本书要论述的是什么；而这个"什么"又是与我们每个人相关。这个开头解除了我们对哲学著作的畏惧心理；同时也激发了进一步的阅读兴趣。

艾米丽·格里尔生小姐过世了，全镇的人都去送葬，男人们是出于敬慕之情，因为一个纪念碑倒下了。妇女们呢，多数出于好奇，想看看她屋子的内部……②

这是福克纳小说《献给艾米丽的一朵玫瑰花》的开头。几句话已经勾起了我们的好奇：一个什么样的女人像纪念碑一样，什么样的女人去世了，全镇人都去送葬了，男人出于敬慕，女人出于好奇……读者像被吸进了黑洞，迫不及待地想跟着去看看这个死者，活着的时候是怎样的一个人。

---

① 冯友兰：《中国哲学简史》，3 页，北京，新世界出版社，2004。
② ［美］威廉·福克纳：《福克纳中短篇小说选》，杨岂深译，99 页，北京，中国文联出版公司，1985。

我年纪还轻，阅历不深的时候，我父亲教导过我一句话，我至今还念念不忘。[1]

　　我们读完盖茨比的故事，好像更加明白了，作者为什么这么开头。他父亲的这句话，一直游荡在小说里。这样的开头还具有结构意义，这句父亲的话不仅具有教寓意义，而且暗示着主人公出身这块无法清除的烙印，而这些又是他悲剧的根源所在。

　　他是独个儿摇只小船在湾流打鱼的老汉，已经八十四天没钓着一条鱼了。[2]

　　海明威这篇小说的开头，几句话就把故事主人公的年纪、遇到的困境交代清楚了。在我们跟他出海前，心理铺垫已经完成：一个老人，等那么久没有钓到鱼！我们对他的同情已经把他划入弱者的行列。到老汉钓到大鱼，与之搏斗时，我们对老汉曾经有过的同情，完全彻底地转化为激动和佩服。我们仿佛撸起袖子跟他一起拼了，我们的心时刻悬着，为老汉也为我们自己捏把汗。这个了不起的开头作用非常大，它带给全篇

---

　　① ［美］菲茨杰拉德：《了不起的盖茨比》，巫宁刊译，2 页，上海，上海译文出版社，1983。
　　② ［美］海明威：《老人与海》，赵少伟译，277 页，桂林，漓江出版社，1987。

生命。

一八〇一年。我刚刚拜访过我的房东回来——就是那个将要给我惹麻烦的孤独的邻居。这儿可真是一个美丽的乡间！在整个英格兰境内，我不相信我竟能找到这样一个与尘世喧嚣完全隔绝的地方，一个厌世者的理想天堂。[①]

才女艾米莉·勃朗特的《呼啸山庄》，虽然没有她姐姐夏洛蒂的《简·爱》那么好读，但其文学成就和作者表现出的文学天赋是她姐姐无法比拟的。从这个小说的开头我们就不难发现，她是一个格局很大的作家。这是一个大气的开头，从时间拉到房东，也就是未来的主人公；再到空间——远离尘嚣的乡间，再到厌世者，纵横驰骋，很有气势。同时，也为小说展开后呈现的与之相反的氛围做了铺垫。

一只山羊在大道边啮嚼榆树的根端。

城外一条长长的大道，被榆树打成荫片。走在大道中，像是走进一个荡动遮天的大伞。[②]

萧红的这个开头描绘了一个场景，带我们走进了故事。伞，这个意象似乎给我营造了一点儿阅读的安逸；树荫也是同样的

---

① ［英]艾米莉·勃朗特：《呼啸山庄》，杨苡译，1页，南京，译林出版社，1990。
② 萧红：《生死场》，1页，天津，天津人民出版社，2016。

功用，这两个意象又和开头啃树根的山羊构成了对比。故事的基调由这两方面限定好了。然后萧红就开始宁静地讲了一个悲惨的故事。

> 路变得细细弯弯，应该快到天成岭了。正这么想着，只见雨丝染白茂密的杉树林，从山脚势不可挡地朝我追来。
>
> 我二十岁，头戴高中校帽，身穿深蓝色带碎白花纹的上衣和裙裤，肩挎书包。事情发生在独自来伊豆旅行后的第四天。[①]

川端康成很多小说散文都是这样开头的，自然而然、漫不经心却又极其简约。很多日本文学都有这样清新朴素的风格。这样的开头常常被忽视，因为它清淡，不扎眼，所以很多读者阅读时往往一带而过。即使这样，作者的目的还是达到了——他就是要讲一个淡淡的故事，或者把一个故事讲得淡淡的。

有经验的写作者会意识到，这样简约的文字是很难写的。它是经过淬炼之后的简约。它既保留了淬炼之后的简洁，又保留了柔韧，这是文字很高级的境界，大家可以慢慢体会。

我们看了这些例子之后，如何开头归根结底还是个性的事情；是每个作者的独特亮相；是情节的导引；是后续的铺

---

① ［日］川端康成：《伊豆舞女》，林少华译，3页，青岛，青岛出版社，2012。

垫……总之，它是作者的精心安排，所谓匠心所在。

尽管如此，我们从这些个性化的开头中，还是能总结出一些共性的东西。我们先归纳出以下几点。

好的开头虽然是一个好的亮相，但它并不是一个摆设。它一定要承担功用，比如海明威《老人与海》的开头，交代了故事的背景。我们去陌生人家敲门，想着自己给对方留下什么印象，怎样亮相，这固然重要，但目的更重要。敲门的目的是什么，是问候还是借钱。如果没有接下来的目的，这个亮相就会给人留下奇怪的印象，你甚至可能被误解为精神病患者。所以，我们要避免把开头变成一个摆设。

其次，开头有点像50米短跑，没有弯道追赶等可能性，最好是一触即发的，干净利落。开头一拖拉，整个文章也容易受到影响。

最后，不要太刻意卖弄。搔首弄姿，反而给读者留下不好的印象，得不偿失。刻意，是一个十分不容易拿捏的度；刻意得恰到好处，的确能出彩儿，但成功和失败的比例相差悬殊，失败者居多。

因此，自然、清新、朴实；情真意切、实话实说……这样朴实的开头就更保险，尤其对初学者来说，这也涉及了创作的态度。假如开始先尝试把文章写得朴实，会比其他尝试有益。在开头作者亮出的不仅仅是文章的起始，也是作者的底色、底蕴。所谓文如其人。

与结尾有关的

我们掌握了组织一篇文章的基本能力，无论从容不迫还是跌跌撞撞，能从开头走到结尾，就意味着，怎样你都结得了尾。我们不妨把结尾变成一个开放的设想……每个作者如何到达结尾，有不同的运气，大家可以自己品品。

11　叙述，是巧妙的浓缩

　　我们先捋清一下概念。叙事方法、叙述方法、表达方式……类似的表达很容易在概念上给我们造成困惑。我们前面说过叙事方式，就是讲述某个事情（可以是外在发生的事件，也可能是内心的感觉，也可能是想象……）所遵循的顺序。

　　叙事方法就是确定这个顺序之后，我们选择的方法。我们用叙述方法代替叙事方法，其原因很简单，后一个概念能更好地涵盖各种方法。比如议论，也是一种叙述方法，但它不像叙事那样强调时间的顺序，所以我们用叙述方式作为总体概括。

　　叙述方式有的教材提出五种，有的提出二十种。无论多少种，最基本的方法有三种：叙述、描写和议论。有了这三种能力，我们就可以表达任何事情、任何道理。有了记叙和议论的能力，我们也可以说明任何一件东西是怎样的。最后这一种是说明的能力。

　　这里没有把诗歌算在内。诗歌的确是一种表达，甚至是最古老的表达方式，但是现在交流方式的改变，我们对诗歌作为一种表达方式的需求都在减弱。关于诗歌，我们在文体中再详细说明。

　　在这三种叙述方式中，我通过自己的创作实践，感觉最难的是叙述。

叙述是浓缩

叙述既然是浓缩，第一个难度就在于提炼。文学艺术的源泉是生活，但生活为我们提供的是素材，我们要加工素材，同时还要表明我们的态度和情感。在写作开始阶段，存在这样的现象：我们对所见所闻所感进行选择浓缩，容易扔掉我们尚未发现其价值的那些部分；保留我们认为有价值，其实价值不大的部分。这是一个需要练习的过程，需要借鉴他人的经验，发现自己的擅长和不足。我们举个例子说明一下。

> 埃尔文·克文策尔一时心血来潮，大方地答应自己的妻子，在晚上孩子上床睡觉以后，带她去意大利餐馆吃味道呱呱叫的意大利烘馅饼，喝瓦尔波立切拉酒。这使她惊诧不已，以致在这个星期里无端地三次吻了自己的丈夫。可是埃尔文一想到已不好收回的对妻子的邀请，心里便发慌，总是迟疑地关上房门，思忖自己怎么会这样扯淡。意大利餐馆的价格虽不怎么高，但是两个人去吃一顿，再加上胃口好，那就得花一笔钱。①

这篇小说写的是一次事故的延续，男主人公埃尔文因为一

---

① ［德］彼·黑尔特林：《事故层出不穷或一次不幸事故的延续》，黛逸译，229 页，北京，华夏出版社，1994。

次交通事故住院，随后又发现罹患癌症……他的生活发生了巨大变化。上面这个段落也是这篇小说的开篇，作者选取一个不起眼的日常生活片段——一件囧事，然后叙述开来，我们看看功用如何。

大方答应请妻子出去吃饭，是心血来潮。

作为读者我们可能想到的是：他很少请妻子出去吃饭，他很小气？或者他不爱妻子……

他妻子对此的反应居然是惊诧不已，居然一周内三次无缘无故地吻了他。

我们几乎可以断定他们的夫妻关系很差。

丈夫后悔又不敢收回邀请，埋怨自己，心里嘀咕意大利餐的费用……

作者向我们刻画了男主人公的性格——优柔寡断，不敢面对！作者从四口之家寻常的日常生活中截取几个面，简约但有效地向我们展示了男主人公的现状和他的性格。人说性格即命运，这个埃尔文的性格后面真的决定了他的命运走向。

通过这个例子，我们也许可以想象出，叙述的浓缩是怎样的，其难度是怎样的。一对有孩子的中年夫妻生活是很琐碎的，没有浓缩没有选取，叙述很容易变成流水账。所以，我们要明白叙述是无法面面俱到的，必须对要叙述的事情熟悉，选取精准、有用、有穿透力、鲜活的东西，短短几个句子，就能让一个场面，一件小事给读者留下很深的印象或者感悟。这就是好的叙述首先要完成的任务。

其次，叙述的第二个难点与叙事的时间因素有关。我们在叙事方式中提到了时间因素，叙述同理。叙事，是一个大的时间轴上讲述一切。先讲什么后讲什么，遵循作者对时间顺序的构想。叙述也需要一个这样的时间轴，一个微小的时间轴。在这个时间轴上，叙述才能保证条理性。因为叙述除了记叙事情之外，有时也是综合的表达。情感渲染，心理陈述，以及诸多描写等；这些层面综合到一起，需要我们有立体观念，让各个层面在时间轴上交汇穿插的同时，保持各自的清晰。这样，阅读整体时，读者既能感到条理，又能感到丰富。

下面我们通过例子，看看叙述的综合运用。

艾丝缇通常六点钟会在解剖学院那儿等我，然后我俩去散步，一起吃晚餐。有时在小饭馆，有时在家里，她一直在我那儿待到九点钟。我惊讶于这姑娘的心灵是多么高尚。她从来不喜欢阅读，对艺术的认知也低于平均水平。但她的谈吐顺畅流利；她经常回忆起在我们那儿度过的那些年月，并且会率直、坦白地说出她脑中浮现的关于过去的想法。她感情细腻，表达真诚，当我在说我自己的事情时，也能饶有兴致地倾听。我断定，艾丝缇不是个轻率的人，也不是个拜金主义者，她不像大多数怀揣着热情的梦想来到布达佩斯，最终无功而返的人，从她的细腻和自身所处的社会阶层来看，这是个过于敏感的生灵。她肯定能感觉到，自己注定不会只是个农民或奴隶的婆娘；她配得上更好的东西，只要找到适合自己的关系。[1]

这是一个短篇小说中的叙述片段。故事中的叙述者"我"，曾经是一个喜欢童话的男孩儿，艾丝缇是他家的保姆。多年后，他上大学偶遇艾丝缇，两个人的关系发展成了情侣。最后因为阶级的差异，艾丝缇从他的生活中消失了。

我们先把这段叙述分一下层次：

作者先写了他们成为情侣之后的日常生活中较为规律的状态。

之后抒发"我"对艾丝缇观察之后获得的印象：心灵高尚，没有文化但是谈吐流利。这也是抒情。

然后在时间轴上，通过她谈到他们过去的岁月，把时间拉回到过去，但没有展开，只是概括性地叙述她回忆时的状态。

她感情细腻……再回到对她的议论，通过观察她的神态，总结她的性格。最后断定（议论），她是怎样的，她的出身，品格，性情，"我"认为她配得上更好的，会超越她的阶层。

这段叙述三百多字，它包含的内容就是通过高度的浓缩，合理的安排，各种叙述方法相结合做到的。这样的叙述推进了情节，为艾丝缇最后不辞而别做了铺垫。

在写作中，没有一种方式方法是独立的，它们必须在合理的布局中发生互为补益的关系，而不是互相掣肘。大家可以选

---

[1] ［匈牙利］查特·盖佐：《遗症的梦境》中的《红发艾丝缇》，舒苏乐译，23 页，广州，花城出版社，2015。

择类似的情节进行练习，比如叙述一下自己与过去老友相见的情形、感情等，做有意识的叙述练习。

　　这家人口不多。他家当然是姓赵。一共四口人：赵大伯、赵大妈，两个女儿，大英子、小英子。老两口没有儿子。因为这些年人不得病，牛不生灾，也没有大旱大水闹蝗虫，日子过得很兴旺。他们家自己有田，本来够吃的了，又租种了庵上的十亩田。自己的田里，一亩种了荸荠，——这一半是小英子的主意，她爱吃荸荠，一亩种了茨菰。家里喂了一大群鸡鸭，单是鸡蛋鸭毛就够一年的油盐了。赵大伯是个能干人。他是一个"全把式"，不但田里场上样样精通，还会罩鱼、洗磨、凿碓、修水库、修船、砌墙、烧砖、箍桶、劈篾、绞麻绳。他不咳嗽，不腰疼，结结实实，像一棵榆树。人很和气，一天不声不响。赵大伯是一棵摇钱树，赵大娘就是个聚宝盆。大娘精神得出奇。五十岁了，两个眼睛还是清亮亮的。不论什么时候，头都是梳得滑溜溜的，身上衣服都是格挣挣的。像老头子一样，她一天不闲着。煮猪食，喂猪，腌咸菜，她腌的咸萝卜干非常好吃，舂粉子，磨小豆腐，编蓑衣，织芦筐。[①]

这是汪曾祺小说《受戒》中的一个片段，叙述了小英子一家

①　汪曾祺：《受戒》，北京，人民文学出版社，2005。

人的状态。作者从家庭成员写到田地、所种的作物以及收成，家里养的家禽以及家禽的一部分收入补贴家用，然后写到一家之主的技能、性格、品格，写这个家庭的主妇，小英子母亲的长相、穿着和与丈夫一样的勤劳……

整个叙述层次分明，方方面面都很生动，读者体会到的对这家勤劳和睦的家人的亲切，也是作者做这样叙述的目的所在：这也是小说中的男主人公明海喜欢小英子的部分原因。他很愿意融入这样的家庭。以上我们举出的例子是叙述在虚构小说中使用。下面我们看看叙述在其他文体中的运用。

    我在小学的时候，看同学们变小戏法，"耳中听字"呀，"纸人出血"呀，很以为有趣。庙会时就有传授这些戏法的人，几枚铜圆一件，学得来时，倒从此索然无味了。进中学是在城里，于是兴致勃勃的看大戏法，但后来有人告诉了我戏法的秘密，我就不再高兴走近圈子的旁边。去年到上海来，才又得到消遣无聊的处所，那便是看电影。①

这是鲁迅杂文中的一段，文中说的是关于朋友。作者在这一段的叙述中所讲述的事情与朋友似乎无关，作者从小时候看小戏法，写到中学看大戏法，最后在上海看电影……这些消遣方式的变化，最后都没离开一个根本：戏法也好电影也好，都

---

① 鲁迅：《朋友》，见《鲁迅杂文全编》，361 页，杭州，浙江文艺出版社，1993。

有明暗两面，最后作者以此为喻，烘托自己的主题。

> 黄莺还在庭园里不时鸣啭，春风时常像有所醒悟似的摇曳着九花兰的叶子，猫歪着脑袋晒太阳，把它不知在何处被咬痛了的太阳穴冲着日光，暖洋洋地在打瞌睡。先前在庭园里吵吵闹闹地放气球玩的孩子们，这时一起去看电影了。家中和心中都静极了，我在这样的气氛中打开了玻璃门，淋浴在静谧的春光下，神不守舍地写完了此稿。接下来，我打算在这檐廊上曲肱一眠了①

在这段叙述中夏目漱石通过综合的叙述，成功地烘托出了气氛。我们按顺序看看：庭院——庭院中的景物——猫——猫的状态——已经离开的喧嚷的孩子——家里很静——心里也静——走到阳光下——写完稿子——接下来想睡上一觉。读完这段文字，我们仿佛也感到了他描绘的环境中的氛围，感觉到了他的心情甚至他身体上的愉悦。

叙述的目的，是为了表达，表达什么必须清楚，这样才能让叙述走近那个目的。

议论

关于议论，我们在论文这一章节中，有足够的陈述和例子

---

① ［日］夏目漱石：《玻璃门内》，吴树文译，191页，上海，上海译文出版社，2012。

分析，这里就不多赘述。

描写——顾左右而言他

好的描写应该是一种贴切但新奇的比喻；是巧妙的顾左右而言他……

描写让我们联想到绘画的临摹，按照很多教科书的定义，描写就是用生动形象的文字把表述对象描绘出来，给人以栩栩如生、身临其境之感……于是，我们似乎可以把描写理解为绘画的临摹……

但是，描写不是临摹！

假如我们必须用绘画比喻描写，描写是绘画创作，不是临摹。创作和临摹最重要的区别在于创作者的主观意图的倾注。我们描写的目的，不是为了让两者看起来相似，而是通过我们的主观干预，让前者看起来像作者希望的样子。而这个样子未必是前者的实际样子。关于这一点，结合例子大家理解起来就很容易。

哦！他可是一个要从石头里榨出油来的人，这个斯克鲁奇！他真是一个善于压榨、拧绞、掠取、搜刮、抓住不放而又贪得无厌的老恶棍哪！又硬又锐利，好像一块打火石似的，可是钢棒从来没有在那上面打出慷慨的火来。而且隐秘自守、默不作声、孤单乖僻，好像一只牡蛎。他内心的冷酷使得他苍老的面貌蒙上了一层严霜，冻坏了他的尖鼻子，冻皱了他的面颊，冻得他脚步直僵僵的，冻得他眼睛发红、薄嘴唇发紫，冻得他用叽叽嘎嘎的声音说着尖酸刻薄的话。他的头上是一层皑皑的白霜，两撇眉毛和坚硬的下巴也是这样。他走到哪里，就把自己身上的低温带到那里；在大热天里，他把他的事务所弄得冷冰冰的；到了圣诞节这天，他也上升一度，使那儿解冻。①

狄更斯描写的这个吝啬鬼，就不是临摹而是创作，也许根本不存在这样的一个原型。作者运用的比喻非常成功，以至于读者几乎有这样的感觉，这个斯克鲁奇是石头做的，他心里的霜冻坏了自己。他自己带着白霜，走哪儿都能降低那里的温度……狄更斯描绘出了一个几乎丧失了人的共性的吝啬鬼。

有时读者对作者描写出的某个人物或者某个景物并不认可，原因就在此：作者的主观干预之后的描写效果不够客观，与读者的个人经验相违背。因此，成功的描写还要兼顾主客观的关系，强调主观的创作色彩的同时不能过于偏离客观特征。描写就是借力。

避免千篇一律

很多习作中的描写千篇一律，其中一个原因很重要：大家很少或者说完全没有，按照自己的感觉，按照自己的理解和想象去

---

① [英]狄更斯：《圣诞颂歌》，吴均陶译，6页，桂林，漓江出版社，1996。

描写，而是借鉴一些通用的套路。我在网上搜索出描写春天的句子，出现的结果是——为您找到相关结果约 3700 万个：

1. 春天的天空是那么湛蓝，春天的树叶是那么翠绿。春天是无法比拟的，它是一幅富有诗意的山水画。

2. 春天，是活力四射的季节。冰雪在春光中悄然消融，溪流在春日淙淙流淌。天空像重新清洗过一样……

3. 春天，是希望纷飞的季节。大雁饱含憧憬地向着北国的乐土结对航行，一路载歌载舞，排踏出春天的……

4. 春天是那样的生机勃勃，富有生命力，带着无数新生的生命，勇敢地走向明天，走向充满希望的未来……

5. 春风和煦，明媚的春光照在大地上，万物呈现一片生机，形成一幅秀丽的山水图。

春天是这样的吗？是！但你读完这些春天的句子，春天并没因此离你近了。这些句子像是准确地描写了春天，但给你留下的与春天有关的印象几乎是空白。这就消解了文学的意义。文学是让个性获得生命的天地。我们学习描写，为了避免千篇一律，可以选择这样的切入点：写出自己的感受。

春天的泥土翻浆了，似乎能感到泥土下面的生命在蠕动。我走到树下，看见一牙破土的新叶像是看到了生命的证明。要是我也能向你们证明心里正在长大的希望就好了。

春天万物复苏的样子萦绕着我，我好像被轻轻拥抱起来……

同样是与春天有关的描写，选取了人们视而不见的泥土和泥土下的生长，与作者内心对希望的感受结合起来。被春天萦绕着、拥抱着……引起了共鸣，一个春天的印象留在了我们的脑海里。这就是描写，它既有客观的真实，又有主观的倾向。不同风格的作者，所表现出的主观倾向也不同，有的显露，比如刚才这个小例子；有的深藏不露……目的却是一致的——增加表现力、感染力，凸显自己的风格。

我们明确了描写的目的，其实就知道往哪儿用力气：用个性的眼睛在观察中积累，储存一切印象；在阅读中做同样的积累……如此积蓄越多，在描写上可以支配的就越多。这些积累储存在我们的记忆中，像银行的存款，到我们用时才能左右逢源。

描写的分类

描写还可以分为人物描写、景物描写、环境描写、感情描写、动作描写、心理描写等。需要注意的是每个描写类别中又可能包括了其他的。例如描写一个人在看风景，那么景物和人物的描写就混合在一起了。再比如人物描写中有时涉及行动、外貌、体态以及心理等方面的描写。

我们描写一个人物，其实也是给这个人加上诸多"定语"：职业特点、外貌特征、性格特征、心理特征的外化等。假如我们对特工这个职业有一定的了解，那么我们描写某个特工，即使没有007那么生动，至少看上去不能太假。同理，我们描绘人物的服饰，人物可能是不同朝代、不同国家、不同风格、不同阶层的……我们对其有深入了解，会有很大帮助。

心理描写，是虚构文学中经常运用的手段。它不仅可以刻画人物，而且能为人物的行为做出解释。假如我们掌握一定的心理学知识，心理描写就会更有说服力。

下面我们举例，着重说说环境描写。

> 洛菲尔德庄园的花园里枝繁叶茂，连车道的沙砾缝里都长满了草。客厅里的一面窗户被村里一个男孩打破了，后来那个窗户就用栅栏封上了。炎炎夏日，紫藤都枯死了，像破渔网一般挂在前门上。那里原本是小鸟们引颈歌唱的圣坛。①

在这段环境描写中，作者简练地选取了有表现效果的点——车道有草，窗户破了，封上了，紫藤像渔网枯萎，过去是小鸟唱歌的地方——几笔就描绘出了氛围，把读者快速带入故事的氛围中。这样的描写有人称为白描。

> 他的公寓又小又闷，一点儿温馨的感觉都没有，以为

---

① ［英］鲁斯·伦德尔：《女管家的心事》，郭金译，4页，北京，新星出版社，2012。

他是那天下午才搬进去的也不为过。绿色硬沙发前的茶几上，有一个半空的苏格兰威士忌酒瓶、一碗融化的冰、三个空汽水瓶和两只玻璃杯，玻璃烟灰缸堆满了烟蒂，有些沾着口红印，有些没有。屋里没有照片和任何私人物品。这间房子应该是租来开会或饯别、喝几杯聊聊天、睡睡觉的旅馆房间，不像人长住的地方。①

这个环境描写除了简练，还有调侃和幽默。作者选取的物件彼此关联：因为有威士忌酒，那碗融化的水的"前身"就可能是冰块儿；三个汽水瓶两只杯，说明至少有两个人在这个房间待过；很多烟蒂，有的有口红，说明两个人中一个人可能是女性……除此之外，作者钱德勒发挥自己的幽默特长，极尽调侃之能事，为阅读增添了几分乐趣。

  ……晚上他们常常出去散步，直到夜深。她自己都不能够相信他连她的手都难得碰一碰。她总是提心吊胆，怕他突然摘下假面具，对她作冷不防的袭击，然而一天又一天地过去了，他维持着他的君子风度。她如临大敌，结果毫无动静。她起初倒觉得不安，仿佛下楼梯的时候踏空了一级似的，心里异常怔忡，后来也就惯了。②

---

① ［美］钱德勒：《漫长的告别》，朱碧云译，5—6页，北京，新星出版社，2010。
② 张爱玲：《倾城之恋》，见《张爱玲小说选》，123—124页，杭州，浙江文艺出版社，2002。

张爱玲笔下的这个他好色，但有钱；那个她是大家闺秀，但家道败落了。这样的男女交往，女人的心理写得十分到位。作者没有直接写，她是怎样感觉的，而是通过他的表现，出乎她的意料之外，再通过踏空楼梯的感觉，十分独特地描绘出这个大家闺秀的心态——她担心色鬼碰她，但他没碰；她却没有因此放心，反而有那么一点点失望……她到底是希望这个男人碰呢，还是不碰……这样的描写十分微妙，这个女子的心态被作者描绘到无法言说的地步，却是很好意会的境地，余韵袅袅。

12　每天的生活等于素材吗

素材与创作

要说清楚素材，有必要先了解一下艺术创作。

艺术创作是艺术家以一定的世界观为指导，运用一定的创作方法，通过对现实生活观察、体验、研究、分析、选择、加工，提炼生活素材，塑造艺术形象，创作艺术作品的创造性劳动。

艺术创作也包含了文学创作。无论艺术的哪个门类，它的创作有三大要素：创作者、客观世界（生活）、作品。在这三大要素中创作者——画家、作家、作曲家等，他们是居中的。他们的两边：一边是生活，即创作要表现的客体；另一边是作品，即表现在作品中的客观世界。这个过程中，决定作品不同的因素大致有两方面。首先创作者的世界观不同，决定了主观倾向不同。一方面反映到作品中，我们看到的是托尔斯泰①和扎米亚京②的不同，虽然他们同为俄国的作家。

另一方面是他们创作风格的不同。这个因素可以具体到某

---

① ［俄］托尔斯泰（1828—1910）：19 世纪中期俄国著名作家，代表作品《战争与和平》《复活》等。

② ［俄］扎米亚京（1884—1937）：著名作家，代表作品《我们》。

些艺术门类的技法，比如绘画。进入创作前，学习绘画的基本技法，师从什么人等，都可能对后期的创作产生影响。现在我们通过例子看看作品是怎么炼成的。

画班学生临摹一个老大爷，老大爷就是这个"客体"，那么他们在纸上完成的老大爷肖像，是不是作品？一般说来，这些临摹还不是作品。因为没有创作，只是临摹。罗中立先生的作品《父亲》，画的也是一个老大爷，就是创作，而且是很著名的作品，为什么？因为作者在画面中加入了情感和思考，人物所呈现的状态才会引发我们想象画中人的命运，他曾经的生活，他的内心状态……我们甚至会由此联想到自己的父亲，联想到我们民族祖祖辈辈所经历的……我们看到，创作是把客观世界升华到艺术作品的层面，它是生活的萃取，来源生活但不等于生活。

达·芬奇的《蒙娜丽莎》，同样也不是对一个女士的临摹，而是旷世佳作！关于《蒙娜丽莎》这幅画的解读很多，永恒的微笑，神秘的美丽等。也许我们不难想象一个普通的女士，无论是模特还是照片或者临摹，都不会发出永恒的微笑。达·芬奇是天才画家，他具有一般人无法达到的修养和能力，也许他就是创作出这幅罕见佳作的唯一人选。

创作，无论是一幅画还是一个故事，创作者最主要的任务是赋予作品内涵。其作品的价值取决于它内涵的广度或深度。换句话说，这内涵是创作者"藏"进去的。它是怎样被"藏"进去的，有些作品有迹可循，有些我们无法解释，却能清晰感受。

下面我们谈谈一般规律——是什么决定了作品的内涵。

创作者的精神世界

创作者面对的客体，只有经过了他的精神世界的再加工，也就是经过他的头脑、心灵，他才能把亲眼所见，亲耳所闻，亲身经历的客观生活变成作品。一如粮食发酵之后才能变成酒。

一个人的精神世界可惜不是与生俱来，更多是靠后天养成的。这也是阅读重要性所在，阅读虽然是二手经验，却可以直接提高我们的修养。我们具有了一定的修养，才能从生活经历中选出素材，才能把素材变成作品。

什么是素材？素材是生活中的每件事吗？

我们可以说素材是生活中的每件事，前提是你能用它表达出什么。某一件事对某一个作家也许就是寻常之事，但对另一个作者来说就是绝好的素材。比如电影《放大》[①]，它的素材是很多摄影家经历的平常事——底片放大到一定程度就会"失真"。对很多摄影家、导演和作家，这也不是素材，没什么可挖掘的。但墨西哥的一个作家把它写成了短篇小说，安东尼奥尼把小说改编成了电影。电影《放大》在各种电影排榜上都名列前茅。

素材，可以说是我们从生活中选出来，准备写入作品的那些事、那些片段等。在我们挑选、确认素材时，起支配作用的

---

① 导演安东尼奥尼，摄于 1966 年。

是我们的头脑、心灵状态以及情感特质。当然，素材的选取也受我们的主题和创作格调制约。

怎样发现好的素材？

这是一个较为复杂的问题，需要我们详细说说。

有人问摄影家寇德卡，怎样才能拍出好照片。他说，买双好鞋。摄影家去的地方越多，拍出好的照片的概率就越大。同理，我们的生活阅历越丰富，我们选取素材的可能性就越多。作家海明威参加过战争，当过记者，打过猎，出海捕过鱼，同时结了四次婚……所有这一切我们都在他的作品中看到了作为素材的踪影。

素材与阅历有关，但阅历不仅仅局限为我们的亲身经历。有很多经验都是通过间接渠道获得的。著名作家博尔赫斯一辈子没去过很多地方，但看了很多书，他本人也是阿根廷国家图书馆的馆长。他写的小说中，很多他描述的地方都是他没去过的，但我们的读后感觉是他仿佛在那里住过。侦探小说家钱德勒并没有做过警察和侦探，也没有过谋杀的经历，但他却惟妙惟肖地塑造了侦探马洛这一家喻户晓的角色。

除了阅读，游历也是我们积累素材的重要渠道。无论生活还是游历中，我们通过阅读和思考储存在我们头脑心灵中的各种观念，都会变成我们观看时的"有色眼镜"。这个眼镜最终让不同世界观，不同成长经历，不同气质的创作者发现各自所需所爱的素材。

假如生活中的每件事都能成为我们的素材，那么世界上的每个存在也可以，尤其是那些我们经常忽视的存在。比如我们看见月亮，并不感觉它是属于我们的。但我们要是把月亮"视为己有"，也许我们就会感觉它为我们而圆，为我们而弯……由此可见，素材不需要界定。什么都可以是素材，反之亦同。决定这一切的是创作者的主观。

内心也是素材的集散地

严格说，我们认定的素材也是我们对客观世界的主观投射。但有些作家成长经历较为特殊，身心在与外在世界互动的过程中，积聚了一些东西。这些"积聚"存放在他们的内心，很私密，在日常交流中不太好表达。比如抑郁这种情绪，很多人都有，人们很难在日常交流中对此展开交流，但这些情绪作为素材，可以在作品中充分展示，在唤起心灵共鸣方面它也独具价值。

面对这类素材，因为是主观与自我的周旋，更需要经常"抽身出离"，尽可能客观地去反观，避免陷入自以为是的泥淖。诚实，在这个领域里也是一个很好用的法宝。

素材与作者的关系

前面我们已经提到过了，素材受制于作者的个人气质和创作风格等因素。什么是素材，什么样的素材是好的素材，并没有一定之规。有些作者喜欢奇特的故事素材，有些作者喜欢有冲突的故事素材，有人喜欢平淡的，总之，每个作者都有自己的主张。下面我们通过例子看看几种情况。

张爱玲小说《红玫瑰与白玫瑰》里面的故事，作为素材我们并不陌生：一个男子遇到两个女人，一个是他爱的，但不适合结婚；另一个是适合结婚，但他不爱。这个男人选择了后者，张爱玲通篇写的就是这个男人的感情生活。很显然，这可以是大街上很多男人的感情经历，并不奇特，以此为内容写出的作品也不计其数。但能写得像《红玫瑰与白玫瑰》这么触心的却是少之又少。

张爱玲并不避讳俗套的素材，也不在乎别人用它写过什么。她有本事用俗套素材写出令人弥久难忘的故事，这是她的才气和见地决定的。张爱玲作为一个女人，一个作家，她对生活的理解与常人根本不同，所以，她才能让她笔下的常人常事演出不寻常的大戏。《红玫瑰与白玫瑰》中的男主人公付出时光和努力，只为建立一个自己能主宰的世界——一个家庭。当他的世界搭建完毕时，他发现自己无法在那里生活；而且还不能动手毁掉他亲手建立的这个世界。这样的阅读感就不是一般的悲伤，而是对生命虚无的一声反诘。

这是处理素材的情况之一：普通的素材，写得升华了，走出了普通的层次。

卡夫卡[①]的故事往往是不普通甚至有些罕见，其素材本身就有寓言意味。一个土地测量员应邀去一个城堡测量土地，到了之后，他怎样都进不去城堡。一个早上被抓起来审判的人，不知道自己犯了什么罪，坚信自己是无辜的，最后被处死了。卡

---

① ［奥地利］卡夫卡（1883—1924）：著名作家，代表作品《审判》《城堡》等。

夫卡的这些故事，或者说这些故事的素材对我们来说，不仅十分陌生，而且很费解。但通读卡夫卡的故事之后，一旦我们适应了他的荒诞，适应了他的逻辑，我们就会顺着他的视角看到他的企图，进而明白他的深刻寓意。在他看来，我们生存的世界就像一个巨大的机关，总是和我们对着干的。在人和这个机关的较量中，我们赢不了，但又无法脱离。这种纠缠，我们可以理解为卡夫卡的永恒主题。

卡夫卡运用素材的这种情形，拓展了我们的思路：那些罕见，本身就带有寓言色彩的素材，可以来自生活，也可以来自作者的想象、来自他对生活的思考。这些素材写成故事之后，把读者的阅读也带离了现实层面。它让我们从另外的高度审视我们的生活。

卡夫卡的素材是什么？大家可以思考一下。

类似的例子我们还可以从现代文学中找到很多，比如加缪的《局外人》①。一个在母亲葬礼之后狂欢，"无故"杀死陌生人的男人，最后被判处死刑时全无悔意。这样的人物素材，在有些作家看来是不合理的，非现实的。但加缪因此获得诺贝尔文学奖。作家加缪同时也是哲学家，是存在主义流派的代表人物之一。他在处理素材时，按照他对生活的理解，要么选取罕见之事之物，要么对素材做一定程度的"改变"。在他看来生活中到处都是荒诞，那么他信手拈来的"素材"，一定也是荒诞的。所

---

① ［法］加缪（1913—1960）：存在主义作家，代表作品《局外人》等。

以他写的是"局外人"，生活之局之外的人。但这个"局外人"的经历，却能对大局之内的人构成提醒。

以上我们通过例子，对素材做了一个迂回的说明。假如我们直接用概念解释素材，它所指的就是作者从现实生活中搜集到的、未经整理加工的、感性的、分散的原始材料。在教学当中，理解这个概念并不难，怎样把它转化为写作能力，却是很艰难的一件事。有的同学找到素材，"加工"写入作品之后，素材仍然是游离的，苍白的，并没有与作品一起获得生命。因此，发现发掘素材首先要明确的是——我们要用素材达到什么目的；我们在创作中的审美倾向（个人风格）；我们的世界观、价值观等。这些看似与素材处理无关的方面，才是我们掌握素材的关键。做迂回说明，也是为了让大家领会。

素材，是写作的原材料。一如烹饪，日餐和鲁菜的厨师，他们需要的原材料也不同。希望这些例子能对大家构成启发，更好地把握素材。

最后补充一点：素材选择除了受到作者的特色制约，也受文体的限制。相同素材的发掘，因为文体不同，侧重也是不同的。一个难忘的记忆，在小说和散文中表现是不同的。在相同文体中，对素材加工的制约还有很多。比如，小说这种文体中，一个殉情故事的素材，在爱情小说中和在侦探小说中的应用侧重更是不同。前者可能是写情深意笃，后者可能层层剥开的是殉情变成谋杀的真相。

素材，需要择选，需要取舍，需要"烹饪"。

13　文体

文体，就是文章体裁，指的是文章构成的方式。

在文体的划分上，有不止一种分法，但大同小异。最常见的分法如下：诗歌、散文、小说、议论文、说明文等。每一种文体还可以详细划分，比如，诗歌可分为古体诗和现代诗；散文还可以分为书信、游记、记叙文等。

我们还可以对这个分法做个补充：按照写作技能区分文体。一个会写散文、论文的人，肯定会写说明文。写之前，他只要了解所要说明的内容就可以。一个会写小说的人，也可以会写电影，假如他喜欢电影的话。这样的分法对实际学习是有好处的。大家学习最基本的文体写作，其他举一反三，触类旁通即可。

按照这种理解，我们需要学习的写作技能主要表现在以下几个文体上：诗歌、散文、小说、论文。在下面章节中详细讨论每一种文体前，我们先把每一种文体做一个简要说明。

散文

自古以来，韵文之外的文章形式，都是散文。韵文就是诗歌词赋。散文可以覆盖小到日记书信，大到人物传记、报告文学。你会写散文，也可以写其他种种。至于写好写坏，与你散文功底如何有关。你再了解报告文学的写法，散文写得很差，也写不出好的报告文学。

散文，作为写作的最基础训练，也是用途最广的。

诗歌

前面说到的韵文，就是指诗歌。古今中外的诗歌可以分出很多种，这里就不一一列举了。诗歌对于整个写作有着十分重要的意义，可惜这个重要性常常被忽视。即使我们不想成为诗人，诗歌仍是我们文学写作的重要环节。

首先，诗歌可以帮助我们锤炼我们的语言。诗歌，无论押韵非押韵，它都有一般行文所没有的韵律感。朗读背诵诗歌，可以帮助我们把握行文的抑扬顿挫，把握行文的韵律。

其次，诗歌的空灵属性。我们经常阅读或者写作诗歌，可以陶冶净化我们的心灵。这对写作其他文体也有好处。

最后，诗歌可以帮助我们写好散文。有一种文体叫散文诗，由此我们可以看出，诗歌散文紧密相连。它们都可以建立诗一般的意境。

小说

这是一种虚构文体，但写小说需要非虚构文体的写作技能。它既需要散文的描写叙述能力，又需要想象力组织故事情节，需要缜密的结构布局能力。会写小说的人，稍加努力也可以写出好的论文。很多出自作家之手的文学评论都是论文中的上品。比如美国作家纳博科夫的《文学讲稿》、意大利作家卡尔维诺的《未来文学千年备忘录》、英国作家毛姆的《读书随笔》等。

　　一个能写好小说的人，凭借个人爱好，去尝试戏剧、电影等其他艺术样式的写作，基本原理是一致的。会写小说的人可以尝试，但不一定就能写好戏剧或者电影。著名作家海明威、菲茨杰拉德、福克纳等都在好莱坞尝试过电影剧本写作，但并不成功。著名侦探小说家钱德勒[①]在好莱坞写剧本的经验就够写本书了。钱德勒1943年前往好莱坞，为比利·怀尔德的《双重赔偿》写剧本。钱德勒说，"……这段经历，让我折寿好多年，虽然我的确学到了我能学到的关于电影剧本创作的一切，但这不代表什么。"以此类推，也不是每个成功的编剧都能写好小说。这是一个较为复杂的话题，这里就不展开说了。

论文

　　论文的宗旨在于说服。它要说服读者，以理服人。这与散文小说等不同，论文不要感染读者，即使它也要唤起读者的共鸣，也是通过理性逻辑。论文写作中，逻辑思维能力很重要，作者的思路必须清晰，才能做到自圆其说，不露马脚，不留话柄。

　　论文前面可以加上很多定语、学术论文、学位论文、合论

----

① ［美］钱德勒(1888—1959)：作家，代表作品《漫长的告别》等。

文、验论文等。我们常见的各种评论，如书评、影评等，也属于这个范畴。最终，什么样的论文，其写作基础都必须建立在你的论述能力上。

有了论文的论述能力，有了散文的叙述陈述能力，其他文体的驾驭完全可以自学。

14　散文之散

形散与心凝

回溯中国文体源头，散文我们可以理解为诗歌以外的其他文体的总称。

散文这个概念后来受到西方文体划分的影响，被理解为有别于诗歌小说戏剧等文体之外的一种文体。

无论哪种划分，散文是运用最广泛的一种文体，也是各个其他文体写作的基础。

散文名下可以细分出很多写作种类，比如记叙文、日记、小品文、报告文学、游记、人物传记等。这里没有把议论文加进来，议论文与论文更接近，我们把它归入到后面要讨论的论文中。

关于散文的特点，有很多"经典"的总结：散文贵在散，形散神不散，所谓神凝心凝，语言优美，意境深邃……在这些特点中，心凝，形散，这两点需要我们稍加深入体会。

散文作为文体是很简单的。无论构思结构，还是语言运用，相对其他文体来说相对随意，也都很便捷。它的魅力以及写作难点，集中在心凝神凝而形散上。我们可以这样理解：上品散文应该是血，是没注水的浓情真意。它直抒胸臆，是作者内在的真实"出演"。这样的散文似乎也不能多写，它就像是高级的宴席，难以天天烹制。作家史铁生的《我与地坛》便是散文中的上品。

假如小说作者与读者的心理距离是台上台下，散文便是与读者面对面的交流。我们从鲁迅的某些散文中读出檄文的味道时，也会感觉到作者内心的义愤。这种内心状态是作者写作时的真实状态。

有的散文亦如家常便饭，不是浓情如血，而是清新如微风，平平淡淡娓娓道来。这样的散文，作者像一个向导，通过他的眼所见，他的心所感，指引我们的目光去看，看后再想。与那些叩问心灵的散文相比，这类散文可以常读，作者也是常写常新。

王力老先生早年间曾以笔名王了一在报刊上发表过一些"詹言"①——小品文。其中一篇《忙》，作者写道："现在我只想提出三种忙来说：第一是恋爱忙，第二是事业忙，第三是应酬忙。"②

在另一篇《溜达》③中，作者提出溜达的目的，第一个是看人，第二个是看物，第三个是认路。在《看报》④中，作者把看报的人分成几类：第一种是专看标题的忙人；第二种是专看广告的，找工作之类的；第三种是专看社会新闻的；第四种是全份

---

① 见《庄子·齐物论》：大言炎炎，小言詹詹。
② 王力：《龙虫并雕斋琐语》，北京，商务印书馆，2002。
③ 同上
④ 同上

报纸一字不漏，看个够本的……

在散文创作中文如其人是很明显的。散文与作者的气质十分接近。王力先生是学者，他用清晰的条理结构散文。一二三似乎是平铺直叙，但读起来津津乐道。他平易亲切的叙述首先产生了亲和力，读者自然而然地接受了他思想的渗透。假如这算是散文的写法，我们可以称为平实。写散文不用怕"平"，只要这个"平"，是平实，不是平庸，就是优秀散文的出发点。

王力先生总结的三忙，前两忙算是生活必须，我们看看第三忙：半个多世纪过去了，应酬忙不仅没有改变，更变本加厉了。应酬忙已经到了危害健康的地步，我们甚至可以就这点再写文章，挖掘背后的国民性根源。这种平实的总结，经过了时间的洗礼，对今天的读者仍有教育意义。

平实，是非常有效的写作方法。夸张，强调，结论式的高喊，固然有其作用，但运用不好，会留给读者虚假的印象，反而破坏了彼此间的信任。

此外，散文是表达自我的捷径。在这方面，我们一定要注意区分，自我表现和无病呻吟、自以为是以及自我膨胀的差别。

在平常生活中，我们与人交往，没人喜欢自我中心的人，除非他本身就是一道风景。怎样把握自我的度，怎样把自我藏到表达之中，不让它影响到读者的阅读，这需要大家在平时的阅读和写作中慢慢体悟。

把握自我的度，我们可以通过反思逐渐调整。反思是照见自我、完善自我的可能性。通过反思我们会发现自我的缺陷，进而完善它。当我们的自我进入这样的循环中，反映到文章中，自我膨胀便是可以避免的问题。一个良好的自我状态，可以帮助我们发现生活中的诸多本质；然后写进文章；让读者借用你的慧眼、你的用心去感受你所发现的一切。而这也是能产生共鸣的一切。海子①的诗打动了很多人，随着时间的推移，他诗歌的感染力不仅没有减弱，反而增强了。他诗歌表现的都是，他用心感知发现的，我们忽略的生活中的真情所在、寂寞所在、绝望所在、美好所在、愿望所在！

意境深邃

散文的意境和诗歌小说中的意境并无二致。小说中的意境只是故事的衬托，而散文中的意境便是我们表达的中心所在，可以长久地留在读者的记忆中。

今天，大约下午五点，一切都差不多安排就绪；最终的孤独出现了，它模糊不清，从此只有一个词可以言状，那就是我自己的死亡。

喉咙里像塞了一个球。我的苦恼，随着我准备一杯茶、写一封信、摆好一个物件而加剧——很可怕，就像我正在享受这套整理好的、"属于我的"房子，而这种享受却与我的绝望粘贴在一起。

---

① 海子(1964—1989)，著名诗人，代表作品《海子的诗》。

这一切使我无意做任何工作。①

这段文字是罗兰·巴特怀念母亲写的诸多日记中的一篇，结集为《哀痛日记》。罗兰·巴特与母亲一起生活很多年，母亲去世后他十分难过，三年后因为车祸，随母亲而去。这段文字所描绘的意境，不仅感染了我们，唤起我们对他所在那个房子的想象，而且也能勾起我们对自己母亲的感情。在这样的意境中，作者的悲伤弥漫在空间里，仿佛他的动作都被画上了绝望的黑边。我们深深感受到了失去母亲的痛苦；同时也感受到了绝望对活着的伤害，一切都在失去生命的活力。

意境，不仅仅局限于某个风景，某个动人事件的余韵；意境还是我们的想象、感觉、思考等一切绵延的境界。贝洛克②在一篇名为《谈休息》的随笔中指出，人的最好的休息方式就是睡觉，接着他写道：

因为睡觉睡得越沉越好，沉入万物的中心，与他的本源融为一体，不但从静息中凭借虚空获取力量，而且以某种积极的方式从大地母亲的生命气息中获取力量。……睡觉预示着醒来，休息也同样预示着精力的恢复；睡觉时所做的美梦证明睡着的时候我们仍然活着。③

---

① [法]罗兰·巴特：《哀痛日记》，怀宇译，35 页，北京，中国人民大学出版社，2012。
② [英]布莱尔·贝洛克(1870—1953)：作家，代表作品《长短诗》等。
③ [英]布莱尔·贝洛克：《无所谈，无所不谈》，黄金山译，209—210 页，上海，东方出版中心，2009。

这样的文字也把我们带离了我们正在阅读的层面。从休息睡觉，引导我们去想象，人怎样从大地获取力量，就像婴儿从母体获取滋养；引导我们去思考，沉入万物中心的本我的回归。这也是意境，由情感和理性共同建立的意境。

抒情

散文还有一个很突出的特点就是抒情。散文作品中的有些抒情表达缺少朴素，有浮夸之嫌。类似的阅读感受，有时在看电影时体会更深。银幕上演员没有哭，观众却哭得厉害，银幕上的演员大哭，观众却无动于衷。这说明抒情不仅需要技巧，而且需要态度。

作者没有被打动的事情，怎样渲染描绘，都不会打动读者。这就是态度。

让作者刻骨铭心的感人事件，动人片刻；作者抒写之后，同样没有打动读者。这就是功力和技法的问题。

把自己想到的，感觉到的事情写出来，写到让自己满意，进而让读者共鸣，这就是功力。海明威说，作家要做的就是把你感觉到的一切准确转达出来。这个"转达"需要假以时日的练习和锤炼。有时，我们越是需要共鸣，越做不到。

谈到抒情技法，欲擒故纵也许可以算一种。

你要抒情，最好不直接写情，不直接喊出来，妈妈我有多爱你。要"左右言他"，要写与情相关的他人、事件、环境和细节。

　　下面这篇短小的散文是横光利一[①]的《鲤鱼》[②]，写了一个男孩儿对妈妈的感情。

　　　　春雨连绵不断地下着。河水漫过了草尖，男孩蹲在身披蓑衣的农夫的一旁端倪着钓竿的梢头。雨滴从农夫的蓑衣上跌落在他小小蓑衣的肩膀上，男孩关注着鳞片齐整的鲤鱼被整个儿拽出水面的事，浑然忘却了打在身上的雨水。深深垂入水中的藤枝上，沾满了黏滑的水垢。红蟹从雨水冲刷过的草根间一爬出来，便在他的手指间吹开了泡沫。此际，一队送葬的长列正打远处田野尽头的棉花田间经过。猛然间，男孩想起了正让死亡缠着身子的母亲的那张发青的脸。他想道，母亲就快死了吧，到时是自己来捶锣吧。于是，突然放声大哭起来。但就在这个瞬间，一条乌亮的鲤鱼跃出了钓竿，他马上停住了哭泣，慌慌张张地朝鲤鱼鲜亮的鳞光猛扑上去。鲤鱼泼辣地击打着濡湿的嫩草芽，从他两手间打着挺。他压住鲤鱼，压住草，再压，再打挺，当他把鲤鱼压在了胸脯底下，便又继续开始了刚才的哭泣。像烟雾般连绵不断的棉田里传来了萧瑟的锣声，男孩一边感受着鱼尾对自己胸脯的有力叩击，一边一迭声地喊道：

---

　　①　[日]横光利一(1898—1947)：著名作家，代表作品《春天的马车曲》《家徽》等。
　　②　[日]横光利一：《感想与风景》，李振声译，18页，桂林，广西师范大学出版社，2005。

妈妈呵妈妈呵！

通篇只提了一次男孩儿生病的母亲，更多写的是男孩的玩耍。男孩对母亲的全部感情在玩耍中，都在积攒！到最后，在鱼尾敲着男孩胸脯时迸发了。之前的全部描写，春雨、蓑衣、鱼被扯出水面、雨、藤枝、红蟹、直到送葬队伍的出现，男孩儿才想起病重的母亲；男孩儿还没来得及难过，鲤鱼跳了出去，男孩儿扑上去用身体压住，棉田，送葬的锣鼓，鲤鱼的扑腾……妈妈呵妈妈……

重病的妈妈，孩子对妈妈的感情，这些都是每个读者的共同体验，无须多写。作者转而写玩耍男孩的生命力、活力，对比母亲即将消失的生命，两者的对比不停地冲击读者的泪腺。

下面的一段文字选自《渐行渐远》，写的是一个女人对妈妈的感情。

这缺憾中的最底层，系着我的心结：我从未努力去了解母亲！

小时候，不懂；长大以后，觉得自己比母亲聪明，当然了解她。母亲从未对我做过的事情——教导我怎样生活——我却对她做了。她老了以后，我甚至为此与她争吵……我告诉她，不应该怎样怎样，要怎样怎样！

她忍受了，直到我为他们买了新房子，希望他们搬家。母亲抵抗了，她让我明白，搬家也许会要了老人的性命……我不得不放弃……

我刚刚明白：我的自由，我自由的生活，不是我理所当然应该有的，不是风带给我的，不是事业的奖励，是母亲给我的，从小到大，这赠予里有母亲的品质和付出。我远在雪山脚下，远在异国他乡的生活，母亲付出了孤独的代价！她永远说，我们都好，不要惦记！她一次也没说过，她希望我能在她的城市，在她的近处……一次也没说过。

一个给了我自由的母亲，我却没学会尊重她的自由。

妈妈，我再也不会听《草帽歌》，永远不会再听。我不能用流泪表达我的歉意。一切都太晚了，从你的死到我的死，我还能为这歉意做什么呐?!①

这里写的是歉疚，歉意，但最后读者读到的是对母亲的深情。

散文的构思

散文的构思，把这点放到抒情之后谈，希望引起大家的注意：当作者沉浸在自己要写的浓情中，沉浸在难忘的回忆中，沉浸在某种向往中……他已经忘记了写法，文思如涌。这种状态下写出的文章，几乎都是好的。我个人认为，散文的形散神凝就是一种写法，一种结构。

---

① 皮皮：《渐行渐远》，南京，江苏文艺出版社，2018。

散文的构思很简单，最主要的就是确立自己想到表达的重点，围绕着它分配繁简，哪些多写，哪些少写。写的时候保持流畅，避免流水账的平均。

散文在惯常理解中是纪实的，所写之事都是真实的，类似电影中的纪录片。但是，随着文学艺术的发展，纪录片也出现了一个新的概念，那就是伪纪录片。是通过模仿纪录片的手法拍摄电影；或者在纪录片中加入虚构成分。其目的都是为了表现深层次的真实，表现生活表象之下的真实。

由此演绎，散文也可以有一定的虚构成分，它可以帮助我们深化散文的主题，丰富文体。

散文可长可短，是大家随时可以动笔尝试，容易掌握的文体。张爱玲的《异乡记》是一篇长散文，类似游记，但我们得到的阅读感受比游记更丰富。建议大家研读。

另一个女作家萧红的散文也很出色，她的小说也像散文一样，不以情节取胜，注重意境描绘。在她的小说《生死场》中，我们可以发现很多优秀的散文片段。

深秋带来的黄叶，赶走了夏季的蝴蝶。一张叶子落到了王婆的头上，叶子是安静的伏贴在那里。王婆驱着她的老马，头上顶着飘落的黄叶；老马，老人，配着一张老的叶子，他们走在进城的大道。[1]

---

[1] 萧红：《生死场》，25 页，天津，天津人民出版社，2016。

深秋，老太婆，落叶和一匹老马，走在进城的大道上……作者寥寥几笔描绘出的氛围，给我们留下了很深的印象。这个选自小说中的片段，单独看起来也是很好的散文片段。

15　论文之论

我们在这节讨论的论文，有别于中学的议论文。议论文是我们现在要探讨的论文的基础。之后，在这个论文写作基础上，延伸到毕业论文、学术论文、艺术评论等。

说理

论文其实就是说理。

说理的"理"，就是论点。用什么方法去说这个理，这就是论述。论述就是说理中的"说"。你在论述过程中，用了什么样的依据，就是论据。最后的总结，就是结论。

论点，论述（包括论据），结论——我们可以理解为论文的三个要素。

有人认为论文要做到以理服人，只要全方位调动理性就可以了。其实，论文写作并非完全排斥感性，感性可以唤起热情，热情可以让行文更饱满，更昂扬。只要不让感性超越理性，不喧宾夺主，就可以帮助我们增强文章的说服力。

写论文时，我们还可以想象出一个假想敌。他在你说理的过程中，时刻准备挑你的漏洞甚至错误，像法庭上律师盯着公诉人，公诉人盯着律师。这种"危机意识"可以帮助我们避免自以为是的想当然，更严谨地开拓自己的思路和组织语言。写论文保持这样的警惕，无论面对论点、论述还是论据，即使造成我们书写速度减慢，也是值得尝试的。

下面我们从几个方面，谈谈论文写作的注意要点。

论点正确

论点是我们论文写作的出发点，假如论点不正确意味着我们的付出都是徒劳。这里所说的"正确"包含很多方面：内容正确、逻辑正确、表述正确没有歧义等。

金钱是万能的。我们抛开道德伦理等不谈，作为论点这个提法是错误的。它的错误首先表现在逻辑思维上，作为作者你无法通过论证把这个论点全覆盖，假如有人指出一个金钱无法做到的事，一个用金钱无法达到的目的，你的所有论述都坍塌了。在当今社会，金钱的功用的确在扩大，几乎是无所不能；假如我们要论述的是这一点，就有必要给这个论点加上适合的定语，限定它的外延。

防止歧义、空洞、大而无当……

汉语本来就是语意容易产生歧义的一种语言。在现实生活中这样的例子非常多。"诗人的风度"，是指诗人般的风度，还是指一个诗人的风度？"进口电视"，是指进口的电视，还是我们需要从国外进口电视？在语句中类似的歧义现象也很多。"放弃美丽的女人等于放弃生活"，假如这句话就是论点，就有两种理解：女人放弃自己的美丽；放弃美丽女人的男人……这样的歧义我们不仅要避免出现在论点中，而且要在论文中避免。

作为论点也忌讳过大，过空。"浅析日本动画电影的艺术特色"，这几乎是可以写一本书的论点，作为一篇几千字论文的论点太大。这种情况下，不妨把题目具体化，让它更有针对性，比如谈谈宫崎骏动画电影的特色。

一个大而不当的论点缺乏指向，缺乏限定，给人的感觉是不知所云。因此，好的论点都是直接，准确简约，让读者一目了然，进而把更多的精力放到对论述的关注上。

提出论点最可靠的方法，就是清楚地直接地提出。我们看艾略特①的一篇论文——《诗的三种声音》②，很显然，题目就是他的论点。他的开头是这样的：

第一种声音是诗人对自己说话的声音——或者是不对任何人说话时的声音。第二种是诗人对听众——不论是多是少——讲话时的声音。第三种是当诗人试图创造一个用韵文说话的戏剧人物时诗人自己的声音……

也许，我们还没有完全理解他要论述的这三种诗人的声音

①　[英]艾略特(1888—1965)：诗人评论家，代表作品《荒原》《四个四重奏》等。
②　[英]艾略特：《艾略特诗学文集》，王恩衷编译，249页，北京，国际文化出版公司，1989。

是什么，但从论点的字面上，作者的表述既清楚又准确，没有任何歧义。读者要想弄明白，每一种诗人的声音到底是什么，自然就会看他的论述。论点，明晰严谨地提出，会赢得读者对你的信任。

很多论点都在论文开头开门见山地提出。与其他文体一样，开头总是作者的亮相，展示风格的好机会。《罗丹论》[①]是里尔克的一本专著，是论述雕塑家罗丹的。这本书的开头是这样的：

> 罗丹未成名前是孤零的。荣誉来了，他也许更孤零了吧。因为荣誉不过是一个新名字四周发生的误会的总和而已。
>
> 关于罗丹的误会很多，要解释起来是极困难的事。而且，这是不必要的；它们所包围的，只是他的名字，绝不是那超出这名字范围的作品……

这两小段文字提出的论点，是把罗丹作为艺术家的特点作为切入点。关于罗丹的误会有很多，但这些误会影响不到他的作品。诗人里尔克这样提出论点，也是开门见山式的，但有了文学叙述的文采和亲切。这也为整本书定了风格——作者关于罗丹的论述，不是侃侃而论，而是娓娓道来。

---

① ［德］里尔克：《罗丹论》，梁宗岱译，8页，北京，中央编译出版社，2006。

平行主论点 分论点

有些论文不止一个论点，一般可分为主要论点和分论点。有的论文有两个平等并行的主论点，甚至更多。平行论点之间必须具有有机的联系，不能是完全不相干的两个独立体。假如论文有两个或两个以上的主论点，在论述中要保持条理清晰，两者或多者不要过于频繁地穿插。

有时一个主论点有一个几个分论点。这种情况下，要注意明确，分论点与主论点的从属关系；分论点之间的关系等，避免出现悖论等逻辑错误。此外，在论述过程中分论点要围绕主论点，不能喧宾夺主，否则就有跑题的嫌疑。

论述

论述，包含论据、论述（论证）两个部分，就是说理的"说"，是一篇论文的躯干。论据是论述过程中，我们运用的证据。一篇论文中最难的部分就是论述，也是我们学习论文写作的重中之重。亦如在生活中，每个人讲道理的方式都带有各自的特点，论文中的论述也是一样。尽管如此，有些基本规则无论哪种论述方法都是避不开的，我们分别探讨。

正论和驳论

论述方式通常意义上有两种，即正论和驳论。正论就是从正面论述自己的观点，层层深入，按照自己确立的某种秩序，逐渐确立自己的理论。这种方法通常被称为纵式，即递进深入式。

正论最常见的论述方式，很多大部头的专著都是采用这种循序渐进的推进方式。冯友兰先生的《中国哲学简史》，由中国哲学的精神谈起，扩展到中国哲学的背景。全书按照时间顺序，从先秦百家的兴起，再细论各家观念，一直推演到近几个世纪西方哲学的传入和其影响，为我们总结出一个中国哲学思想的演进脉络。

在正论的方式下，还有另一种方法被称为横向论述。这种论述方法与我们谈过的叙事方式中放射性叙事类似，就是将论述在更广泛的范畴里展开。论文所要论述的论点，虽然有时间的纵向，但是各个方面的横向论述更重要。这种论述方法是在论点周围建立多个支撑点，论述每个支撑点，最后达到巩固论点的目的。康拉德·洛伦兹①的《文明人类的八大罪孽》②采用的就是这样的论述方法。

《文明人类的八大罪孽》提出的论点是：在生态圈中，人类文明进化同其他动物生物不同，不是让自己适应环境，而是改变环境。人类的这种能力使生态平衡发生了快速的变化，导致失衡。这种失衡很有可能导致地球上的生物灭绝。接着作者从地球人口爆炸、自然生存空间的破坏、人口膨胀造成的自然资源短缺、人类情感的暖死亡、遗传的蜕变、对传统的背弃、核

---

① 奥地利动物习性学的创始人，心理学家。
② ［奥地利］康·洛伦茨：《文明人类的八大罪孽》，徐筱春译，合肥，安徽文艺出版社，2000。

武器等八大方面论述了文明对自然造成的罪孽，支持自己的论点。作者从诸多方面朝向核心的论述，最后不仅加深了他的论点，而且在结论中预示了人类即将到来的困境。作者所担心的情况，我们今天正在某种程度上经历着……

驳论

驳论，就是通过批驳你反对的观点，达到树立自己论点的目的。通常驳论采用的方法，是直接批驳对方的论点，或者指出他论证过程中的错误，证明他引用的论据的不实之处、谬误之处等。在具体运用中，首先要看对方的错误或者薄弱环节在哪里，有所针对性地驳斥。

普鲁斯特的《驳圣伯夫》①，是比较典型的驳论代表。圣伯夫在普鲁斯特出生时已经以著名文学评论家身份去世了。普鲁斯特写的这篇驳论因此不可能不著名。这也是写驳论的额外好处——可以借助你所要批驳的一切，甚至它的声名。普鲁斯特的这篇驳论写得很成功，后人好多都是因为普鲁斯特的《驳圣伯夫》才知道圣伯夫此人的。好多人也因普鲁斯特对圣伯夫的批驳而看低圣伯夫。普鲁斯特的这些驳论读起来似乎很随便，写得轻松自由，但不乏犀利。我们简单了解一下它的写法，以资借鉴。

---

① ［法］普鲁斯特：《驳圣伯夫》，普鲁斯特的评论集，作者批驳了圣伯夫因其批评方法的教条和错误，导致对当时法国很多天才作家的轻视。王道乾译，上海，上海译文出版社，2007。

圣伯夫文学评论方法的侧重是把作家的性格、生平以及作家所处的社会环境，作为分析作家作品的出发点。这种文学批评方法在中国也曾盛行，认为作家所处的社会和家庭环境决定了他的作品是怎样的。圣伯夫喜欢从作家的传记、回忆录和书信中，找出能够解释作品的依据。直到今天，我们某种程度上还在延续这样的批评方法：通过了解作家，进而了解作家的作品。但是，作为一种批评方法，这是很片面的。这也是普鲁斯特的切入点。

普鲁斯特批驳圣伯夫的同时提出自己的观点：作家有两个自我状态：一个是社会的外在自我；另一个是创作中的内在自我。完成一部作品，是作家内在自我的功劳。而这个内在的自我包含了作家的天赋、意识、潜意识、感受力和对灵感的接受等。不是每个作家都很熟悉他的内在自我，也许，只有在创作时，他的内在自我才会显现出来。所以很多深刻的作家只能在孤独的状态下，甚至是绝对孤独的状态下才能创作。也有一些作家在公共场合的表现，与他作为作者在书中的表现反差很大，这些都属于此类。

普鲁斯特所阐述的这些，正是圣伯夫批评方法中所欠缺的，这就证明了后者的批评方法的僵化、片面、以偏概全、不客观甚至在某种范畴中是不成立的。随着圣伯夫批评方法缺陷的逐渐显露，普鲁斯特的正论也就树立起来了。

正论和驳论，在很多作者那里也是经常结合起来使用的。

论述的具体方法

怎样将论述和论据结合起来？这取决于作者的构思和布局。通过前面的引文我们看到，不同的作者论述方法也有差异。有的作者先提出论据，然后展开论述。有的作者先进行论述，在论述过程中穿插论据。到底哪种方法更适合，我们不妨以此判定：对论述来说最便利的方法，就是最合适的；对作者来说，最能表现文风的方法就是最合适的。比如，有的作者先给出论据，因为论据触目惊心，可以在作者展开论述之前先引起读者的注意。这样的论文的文风也许就是带有激情的。无论怎样，只要逻辑上说得通就可以。

如何引用论据？这也是作者可以自由安排的。为了避免千篇一律的引文，作者可以把论据的内容用自己的话转述出来。这样处理论据的方法，除了避免雷同，也可以让论述变得更加流畅。有的作者造诣很深，他的论述本身就包含着很多论据。辜鸿铭①先生的很多论述中包含大量隐形的论据，从历史到哲学到科学无所不包。

> 英国人既勇敢而又有气度，一般国立学校的青年学生，在敌人负伤倒下的时候，是决不会乘机加害的。这种为英国人所自夸的骑士风度，并不是英国原来所有的东西，而

---

① 辜鸿铭(1857—1928)，号称"清末怪杰"，精通英语、法语、德语、拉丁文、希腊语、马来西亚语等9种语言，获13个博士学位，是清代精通西洋科学、语言兼及东方文学的大家。代表作品《中国人的精神》等。

纯粹是法国人的品质，它是由诺曼底征服者从法国带到英
国的，从而渐渐成为英国武士道之源。①

这段话里隐含的论据就是历史修养。如果我们去查询，这
种我们惯常以为属于英国的骑士风度，是由法国传播而来。类
似的论据已经融化在论述中，这样的论文往往都是最高水准的。

引用论据时，内容允许的前提下，可以将理论的、事实的、
引文的、数字的等相关论据交替引用。这样可以使文章有起伏、
有变化，增加说服力的同时也增加一定的可读性。

论述中上下文的勾连。在论述中，为了让上下文连贯，增
加条理性，可以在每小段的开头提出本段的中心所在。也可以
在每小段的结尾总结本段，同时提示出下一段即将论述的要点，
所谓承上启下，也能在内容上起到间隔作用。

这种方法可以从具体形式上帮助初学者建立构思论文的主
动意识。写多了之后，这种意识变成作者的潜意识或者习惯，
条理性在头脑中越来越清晰，在行文上就可以逐步减少这种"勾
连"。

论文写作的"个性"，在一篇论文完成过程中，其他文体的
文采也可以发挥一些作用。它的作用甚至很重要，有文采、行
文生动的论文，可以让你的论文从很多论述枯燥的论文中脱颖
而出。作者论述的个性会给读者带来更好的阅读体验。《永不消

---

① 见《中国文明的复兴与日本》，选自《辜鸿铭文集》，275 页，海口，海南出版社，
1996。

散的生存雾霭中的小路》①，这是刘小枫先生的一篇论文的题目。这篇论文要论述的是小说叙事与现代伦理。其开头如下：

> 小说的叙事与现代伦理
>
> 昆德拉讲述了一些既让人兴奋又令人想吐的故事以后，编织了两部关于编织故事的书：《小说的艺术》和《被背叛的遗嘱》。据好多人说，这两部书是昆德拉的小说理论。
>
> 小说理论？
>
> 我翻来覆去看，不觉得昆德拉在讲小说理论，倒像在讲伦理。②

《一片秋天枯叶上的湿润经脉》③，同样是刘小枫先生的一篇论文的题目，论述的是卡夫卡的小说和他的婚事。开头是这样的：

> 卡夫卡初见菲莉斯小姐，就印象不佳，觉得她清癯而骨骼宽大的脸把木然表达得过于淋漓尽致。
>
> 虽然如此，卡夫卡还是与菲莉斯订了婚。
>
> 这次订婚在 1914 年的五月底，七月间卡夫卡就提出解

---

① 刘小枫：《永不消散的生存雾霭中的小路》，选自《沉重的肉身》，北京，华夏出版社，2012。

② 同上，146 页。

③ 同上

除了婚约。这时，卡夫卡开始写作《审判》······①

　　我们看了这样的论文开头之后，一定会有兴趣读下去，读者太想知道，卡夫卡的小说和他的感情生活有什么关系。卡夫卡不是一个爱情小说作者，他的作品很少有直接写情感的。除了文采可以让论文生动鲜活之外，这两开头也有很多隐含的论据——关于卡夫卡的生平；关于昆德拉的作品。

　　我们学习论文写作的套路有些用处，但决定一篇好论文的更多因素，仍然是在个人头脑品质的差异上。因此，作者熟悉自己的思维习惯，熟悉自己的气质秉性，逐步确立发挥自己长处的写作习惯，总结出自己的独特方法，最终会取得事半功倍的效果。

范文解读

　　下面这段文章选自《希腊精神》②，是其中的一章，题为：悲剧的概念。这一章的题目就是它的论点，我们逐段看看，把握作者写作论文的特色。这本书出版于 1930 年，有浓郁的主观色彩，但获得了学术界很高的评价。这本书中表现出的作者主观色彩，可以算是这本书的特点。希腊精神阐述的就是作为西方文化源头的希腊文明，但这本书通篇读起来不仅通俗易懂，而

---

　　① 刘小枫：《一片秋天枯叶上的湿润经脉》，选自《沉重的肉身》，184 页，北京，华夏出版社，2012。

　　② [美]伊迪丝·汉密尔顿：《希腊精神》，葛海滨译，北京，华夏出版社，2014。

且引人入胜。这就是作者汉密尔顿女士的主观色彩——她把浩瀚的希腊文明通过自己的理解，为我们做出了精简和概述。

开始阅读之前，我们再对作者汉密尔顿女士做一个初步的了解。伊迪丝·汉密尔顿(1867—1963)，她是一位古典文学家，一位教育家。她早年留学德国学习古典文学，之后回到美国担任一所学校的校长。直到她九十多岁去世，她先后出版了《希腊精神》《罗马精神》等很多著作。她通俗易懂的作品对一代又一代美国人产生了很大的影响。

作者的这部著作是通俗易懂的，但我们从其中选出的范文《悲剧的概念》①，对我们同学现有理解力来说，还不是很容易理解的。为什么我们选择这样一片较难理解的范文？这篇范文应该属于论文中的高阶，它的论述非常紧，有很多省略，完全是大家风范。例如**悲剧是希腊人首创的，因为在希腊，思想是自由的**。这一句话在一般论文中就是一段话，要解释悲剧是希腊人首创，引经据典；要解释希腊为什么思想是自由的，因为它的民主政体等。所以，大家的论文，如果我们仔细研读，理解作者的构思和论述语言等特征，我们就可以获益，面对一般的论文，我们就没有任何理解困难。这种从高度俯瞰的学习方式，虽然开始有些难，但克服困难之后，有事半功倍的效果。

---

① 伊迪丝·汉密尔顿：《希腊精神》，葛海滨译，195 页，北京，华夏出版社，2014。

悲剧的概念

有史以来，世界上称得上悲剧大师的人共有四位，其中三位都是希腊人。希腊非凡的特点正是在悲剧中才最清楚地表现出来。除莎士比亚之外，三位希腊悲剧家埃斯库罗斯、索福克勒斯、欧里庇得斯都可谓举世无俦。（先从剧作家知名度和数量上，强调指出希腊悲剧的地位。）悲剧是希腊人独有的成就。他们首先真正理解了悲剧并把它发展到了顶峰。（指出悲剧的起源和发展都是由希腊人完成的。）悲剧不仅仅直接触动了那些伟大的悲剧作家，也引起了所有希腊人的关心，他们深深地为悲剧所吸引，其中一次演出就有三万多名观众来观看。（悲剧在希腊如何深入人心，说明希腊悲剧的伟大，不仅在于他们拥有最著名的悲剧大师，而且有众多的悲剧观众。）希腊的天才们对悲剧有最深刻的洞察，并表现出他们最深刻的内在品质。（希腊悲剧之所以拥有如此众多的观众，是因为戏剧大师的深刻观察，能够在民众心中唤起对他们内在品质的共鸣。）

（我们注意体会上面的层次，以及每个层次的递进，从大师说到观众，从观众数量说到悲剧的质量：表现内在本质。如果说本文的标题就是论点，那么这一段里就把论点直接带入论述，从大师说到观众、希腊人的内在品质。）

希腊人性格中最鲜明的特点，在于他们不仅能清楚地看到这个世界，而且还能看到这个世界是美好的。（承接上一段，概括希腊人的性格特点，以及由此而来的世界观。注意这样的论述本身也隐含了论据。就像我们前面提过的，要得出这样的结论是需要一定量的相关阅读和研究。)**唯其能够如此，他们的艺术创造才与众不同，他们的艺术最显著的特点是它较少于争斗，而富有其独特的平静和安宁。**（因为他们的性格特点，他们的艺术才是平静和安静，由艺术引入悲剧。）**悲剧似乎能够使我们相信确实有那么一个真就是美、美就是真的领域**（对希腊悲剧特点的概括）。希腊艺术家带领我们走向这个领域，用他们的艺术照亮生活中的黑暗混乱，虽然悲剧带来的光明和宗教信念耀眼的光明比起来要显得闪烁不定，但是它却有它独特的魔力，使人感到安慰，虽然它给人们带来的希望并不确定，然而它却仍非常重要（与宗教比较，谈悲剧对人类心灵的影响）。**对所有的伟大诗人来说都是如此，但对悲剧诗人来说最是如此，因为他们要用诗歌的力量去描述那些无法解释的东西。**（这是希腊诗人最关注的，也是前面提到的希腊悲剧的特征。希腊悲剧中有很多诗歌。）

　　悲剧是希腊人首创的，因为在希腊，思想是自由的。（指出悲剧的源头在希腊，原因是那里思想是自由的。这也是隐含的论据：当时的希腊几种政体中，民主制很流行。）**人们对人生的问题思考得越来越深入，而且开始越来越多地意识到生活中充满了邪恶，所有事情都是不公正的。于是有一天，有这样一个诗人，他认识到了这个世界有无可救药的邪恶，但他仍旧能用他诗人的力量去发现生活中真实的美，于是第一部悲剧就诞生了。**（正如鲁迅先生说过的那样，悲剧就是把美好的事物毁灭给人看。这段论述的意思类似。写到这里，作者已经由悲剧产生的外因逐步进入了内因。)有一本非常出色的书讨论了这个问题，书的作者这样说："探索的精神遇到了诗歌的精神，悲剧就诞生了。（引用论据的一种）"具体来说：希腊早期的像神一样的英雄和英雄一样的诸神在遥远的、狂风肆虐的、地势起伏不平的特洛伊平原上展开了激战；而在希腊较平静的地方，每一件普通的事物都闪耀着美——这就形成了如诗歌创作中的双重世界。（生活中存在的美，和生活中存在的残杀，互相比照，引发思考。）然后一个新的时代开始了，人们开始不满足于歌声和故事的美，他们要努力去了解、去解释。悲剧第一次出现了。一个无比伟大的诗人，他不满足于原有的神圣的传统，而且他有足够伟大的心灵能包容新的和难以让人容忍的真实——这就是埃斯库罗斯，世上第一位悲剧作家。（他不满足的神圣传统是荷马史诗为代表的，悲剧的作家们开始对此提出自己的责问。）

悲剧是属于诗人的。只有他们才能"到达太阳的高度，在生活的不谐之音中奏响一个和弦"。只有诗人才能创作出悲剧。因为悲剧正是痛苦借着诗歌的力量升华成的快乐，如果诗歌是真正的知识，而且那些伟大诗人的指引是可以追随的，这种升华就有最引人注意的含义。（前面作者提出对神圣传统的不满，它的后果就是为人类带来痛苦。我们可以理解为这是悲剧的组成；悲剧的另一个组成就是诗歌的力量。作者的论述逐步加深，从悲剧的外部走进内部。）

痛苦化作了快乐，或者我们可以说，痛苦中蕴藏着快乐。悲剧看上去是一种奇怪的东西。确实没有比它再奇怪的东西了。

它向我们展现了痛苦，却由此给我们带来快乐。它展现的痛苦越大，情节越可怕，我们感到的快乐就越强烈。（这段开头实际是一个点题，是这节要说的。对于整体来说，她要论述的是悲剧的特点：痛苦和快乐交织。这个快乐我们理解为被鼓舞更确切，也就是说悲剧具有鼓舞人的力量。）悲剧作家们选择的都是生活中能产生的最离奇、最可怕的事件，通过他们给我们展现的景象，我们得到了一种激情的享受。这里就有了某种值得思考的东西，我们不应该借口说罗马人看角斗士厮杀也算是过了一个假日，或者说直到现在凶残、野蛮的本性仍旧困扰着大部分文明世界，就将这种东西随随便便地抛到脑后去。即便能够如此，我们也仍旧不能解释人们从悲剧中得到快感这个神秘的问题。它和残酷与血腥的欲望毫无关系。（继续论述悲剧的特点，它选取的事件故事虽然是凶残可怕的，但对此的观看却不同于罗马人看角斗士厮杀的娱乐。我们观看悲剧的快感和激情与血腥无关，那么与什么有关？引出下面更进一步的论述，承上启下。）

在这个问题上，让我们来考察一下我们日常生活中所说的"悲剧"和"悲剧的"这两个词，这将颇有启示。痛苦、悲伤、灾难，我们认为这些词都是使人感到压抑、使人情绪低沉的——我们常说痛苦的深渊、悲伤得肝肠寸断、灭顶之灾。但谈到悲剧的时候，这些比喻就发生了很大的变化。我们说它们把我们推上了悲剧的高度，而不再说别的什么了。我们说某种情绪给我们带来深深的忧伤，但我们不说悲剧给我们带来深深的忧伤。

我们总是说悲剧的高度。词语不是无足轻重的小问题。（进一步论述悲剧的本质，笔锋一转从词义入手，界定悲剧和悲剧的区分。）真实的话语曾被人们叫作诗歌的化石，就是说，每句这样的话语都是创造性思维的标志。人类本性的哲学都清晰地表现在人类的语言之中。（词语在人类表达中的重要意义，一切表述最后都要落到字面上；这里作者有意反推，从字面走向本质。）这里有一个非常值得思考的问题，人本能地感觉到悲剧的痛苦和所有其他的痛苦之间有着很大的不同，这不是程度上的不同，而是类别上的不同。悲剧中有某种东西使它与其他的灾难之间产生了非常明显的区别，这种区别也非常明显地表现在我们的日常语言之中。（这两个语意接近的词语表达的，不是相同事物的程度差异，而是完全不同的事物，为下面的论述做出铺垫：悲剧和悲伤的不同。）

悲剧是通过痛苦给人们带来快乐，所有注意到这个奇怪的矛盾的人都看到了这种区别，世上很多鸿儒大哲也都曾思考过这个问题。他们告诉我们，悲剧的快感自成一类。亚里士多德说悲剧是"怜悯和畏惧，以及一种被清洁净化了的情感"。黑格尔认为悲剧是一种"调和"，我们可以把它理解为生活中产生的不和谐融入了永恒的和谐之中。叔本华说："心灵的激情会说：事情非如此不可，而悲剧就是对这种激情的接纳。"尼采说："重新肯定向死而生的意志，而在这重新肯定之际为意志的不可穷尽而欣喜。"（引用各种论据，首先进一步说明悲剧的特征：通过表现痛苦，但之后人们获得的感受不再是痛苦的。）

怜悯、畏惧、妥协、快乐——这些都是悲剧快感的组成部分。不能激起这些情感的戏剧不成其为悲剧。所以哲学家们说的和人类通常的判断是一致的，悲剧是高于并超越了痛苦的不和谐之处的东西。（总结之前所述，指出悲剧快感的不同表现，怜悯、畏惧、妥协、快乐等。）但是悲剧为什么使我们产生了这样的情感，悲剧的最本质的成分是什么，这些问题只有黑格尔一个人做过探索。他在一篇著名的文章中说，悲剧唯一的主题是精神的斗争，而且斗争中的两种精神都引起我们的同情。（这些悲剧情感产生的原因，引用黑格尔的论证，悲剧表现的精神上的斗争与我们有共鸣。）但是，正如黑格尔的评论者们所说的，按他的说法，他就把无辜受难者的悲剧排除在外了，而且他的这种说法也没有把考狄莉娅和迪伊阿尼拉之死包括进来，因此我们还不能把他的说法作为悲剧的最终定义。（指出黑格尔定义的局限，悲剧必须也涵盖无辜者的死亡，比如考狄利娅等，一步步完善悲剧的概念）

的确，对每一个无辜的人所经受的苦难都可能有完全不同的处理方法，我们甚至可以把他们归入完全不同的类别中去。埃斯库罗斯的《普罗米修斯》是最伟大的悲剧之一，剧中的主要人物是一位无辜的受难者，但是除了这个纯粹形式上的联系之外，剧中的那个充满激情的、蔑视天神和宇宙间一切力量的反叛者和那个既可爱又充满爱心的考狄莉娅之间没有任何关系。如果我们给悲剧下一个最终定义的话，这个定义应该包括生活和语言能包容的所有不同的环境和不同的人物性格产生的各种情况。（通过例子，运用排除法，提出悲剧概念也应涵盖的人物。）它必须要包括像《安提戈涅》这样宁可睁着眼睛死去，也不能容忍她的兄弟死而不能下葬的性格倔强的少女，也得包括像麦克白这样弑君杀臣的野心勃勃的狂人。这两部悲剧看起来完全不一样，却在我们心中激起了同样的反应。它们都给我们带来了最强烈的悲剧快感。它们之间有某种共同的东西，但是哲学家们没有告诉我们那是什么。他们关心的问题是悲剧使我们产生了怎样的感受，而不是悲剧实质上是什么。（举例说明前面提到的比如黑格尔所说的悲剧的快感，作者进一步指出，这还不能完全概括悲剧的本质。因为举出的两个悲剧角色的例子，是完全不同的状态：一个是坚强具有正面力量的少女，另一个是反叛的狂人；但在观众那里引起的共鸣却是相似的。作者指出哲学家的遗漏：他们没有真正说明悲剧的本质。）

整个文学史上只有两个时代产生了伟大悲剧，其中一个是伯里克利时代的雅典，另一个是伊丽莎白时代的英格兰。这两个时代之间前后相距两千多年，但两者之间有很多相同之处，它们也用相同的方式表达自己，这些相同之处可能会给我们了解悲剧的本质有些帮助，因为这两个时代都远远不是黑暗没落的，而是精神昂扬地看待生活，充满了令人震颤的无限的发展可能。（论述从概念拉开，转而投向悲剧产生的时代以及特点，看看悲剧产生的土壤。）那些在马拉松和萨拉米斯战胜敌人的人们，那些击败了西班牙人、眼看着无敌舰队沉没的人们，他们都高高地昂头挺立。他们觉得这个世界充满了神奇；人类是美好的；生命就像是活在浪尖上。**最重要的是，那种英雄主义的强烈快乐激动着人们的心房。**（作者在这里提了英雄主义这个因素，这是产生的悲剧的一个方面。）有人可能会说，这里没有产生悲剧的土壤啊。**但是生活在浪尖上的人们要么感觉到悲哀，要么感觉到欢乐；他们感觉到的不可能是平淡沉闷。**（感觉到悲剧还是快乐，这都是英雄主义的激励，它们并不是矛盾的。）**与能在生活中看到悲剧的那种心性相对的不是看到欢乐的那种心性。与认为生活是一场悲剧看法相对的是认为生活是肮脏的看法。当人们看到人性之中缺乏尊严和意义，人性是琐碎的、卑贱的，而且陷入了凄凉无助的境地的时候，悲剧的精神就已经不存在了。**（与上面说的这两种对生活感知相对立的是麻木，对生活中的肮脏和人性缺失的麻木，才是可悲的。悲剧不可能在麻木中产生。）

有时候，请允许美妙的悲剧

披着帝王的华服浩浩荡荡地走过……

其他的诗人只是可能会去追寻生命的意义，而悲剧家则必须如此。可是很奇怪，有一种谬论非常普遍，那就是悲剧意图的意义在某种程度上要依靠外界环境，要靠：

面具，和古代华丽的衣饰

奢华的场面、盛宴和尽情地喧闹……

这些东西和悲剧风马牛不相及。生活的表层是喜剧关心的范围；悲剧对此不予一顾。我们肯定不会到"集市街"和"天顶"去寻找悲剧，但并不是因为这些地方过于平俗。（指出悲剧不需要外界环境，指出悲剧与喜剧的不同，后者只关心生活的表层，悲剧对此完全没有兴趣。）**没有任何内在必然的原因说不能在巴比特"天顶"的家中上演悲剧，在那里上演悲剧和在艾尔西诺城堡一样适当。唯一不能的原因在于巴比特自己。叔本华从悲剧中发现的那种"奇妙的将人向上提升的力量"从来不从外界的事物中寻求任何推动力。**（悲剧的力量不在于表现的是什么，或者在哪里演出，而在于它内在所包含的令人向上的力量。叔本华的这句话也是论据。）

　　人类生命的尊严和意义——这些，也只有这些，是悲剧绝不会弃而不顾的。没有这些也就没有悲剧。（承上启下，点出悲剧内在最关注的事情——生命的尊严和意义。）**要回答构成悲剧的因素是什么这个问题，就要回答上面的分析中提出的问题，那就是生活的真正意义是什么，人性的尊严靠的是什么。**（递进层次，具体面对生活的意义和人性的尊严的所指。）**对于这两个问题，悲剧作家们给了我们确定的回答。伟大的悲剧本身就给它自己提出的问题提供了解决办法。**（提出悲剧家的回答。这有别于别的回答，甚至有别于哲学家的回答。）**首先，正是因为我们能够忍受苦难，我们才比麻雀要更有价值。如果麻雀有比我们更大的，或是和我们一样大的忍受苦难的潜力的话，那么我们就不能理直气壮地说我们是这个世界上的万物之灵了。当我们深究我们为什么坚信每个人的非凡价值的时候，我们知道那是因为我们每个人都能够忍受极大的苦难。不管它是"天顶"还是艾尔西诺城堡，事物外部的细节有什么用呢？悲剧关注的中**

心是忍受苦难。（举例进一步论述悲剧的本质之一，也是悲剧表现的主要内容之一：人类能够忍受苦难，而这种苦难相对于麻雀的苦难来说，作者强调的是精神层面的忍受，换句话说，也包含了对苦难的思考。）

但是，应该注意，悲剧关注的不是所有的痛苦。我们的痛苦有不同的程度。不是所有的人都能同样地忍受痛苦。我们的感受力之间的差别比任何其他的方面的差别都大。有人忍受能力差一些，有人忍受能力强一些，人的尊严和意义就是根据每个人能忍受苦难的程度来确定的。没有任何尊严能比得上正在忍受痛苦的灵魂的尊严。（两个层面的意思，一方面由苦难引起的痛苦是有差异的，悲剧关注的痛苦不同于其他。另一方面人们对悲剧关注的这种痛苦的敏感度不同。这层意思我们可以理解为，悲剧也不能在所有人那里引起共鸣。有很多人是麻木的，因此也体会不到悲剧意义下，忍受痛苦与尊严的关联。）

我和悲哀并排坐在一起；

这就是我的王位，叫王侯们过来向它行礼。

悲剧被推上了王位，唯一可以进入悲剧王国的人必须是真正的贵族，那些感情丰富的人。（这个说法到今天，我们可以延伸理解为，满足了物质需求的人，更有可能关注精神层面，包括痛苦。根据下文，这里也有悲剧有华丽特点的意思。）悲剧的要素之一就是感受力强的灵魂。有了这样的灵魂，任何灾难都可能变成一部悲剧。但是即使大地被移动，山峰填平了海洋，只要有些许卑贱和肤浅掺杂进来，悲剧也就不成其为悲剧了。

（这层意思更加强调，悲剧的共鸣，或者创作悲剧，只能有哪些有感受力同时纯净的灵魂能够完成。）

　　罗马历史中有着黑暗的一页，其中记载着一个七岁的小姑娘，她的父亲犯了死罪，她受到株连，也必须去陪死，她走过的时候，围观的人们一边哭，一边问："她做了什么错事？如果他们告诉她的话，她绝对不会再做第二次了。"——然后她就被送进监狱，随即上了刑场。这个故事令人心碎，可它不是悲剧，这只是一个凄惨的故事。这个故事里面没有让我们的灵魂去攀登的高峰，只有无尽的黑暗，只有令我们伤心落泪的故事。无辜的人遭受苦难本身不是悲剧。死亡本身也不是悲剧，甚至那些年轻的、那些美丽的、那些可爱的和那些被爱的人，他们的死亡也不是悲剧。（这里作者进一步区分悲剧和悲惨的区别，一件悲惨的事情，并不能构成悲剧。）像麦克白感觉和遭受死亡那样感觉和遭受的才是悲剧。像李尔王感受考狄莉娅的死亡那样感受到的死亡才是悲剧。俄菲丽亚的死不是悲剧。她只是她自己，只有当哈姆雷特和雷欧提斯的悲伤是悲剧性的悲伤的时候，它才是悲剧。《安提戈涅》是一部悲剧，并不是因为上帝的律法和凡人的律法的要求之间产生的冲突。使这部戏成为悲剧的正是安提戈涅本人，她那么伟大，遭受了那么大的折磨。哈姆雷特为杀死他的叔叔而犹豫不决，这不是悲剧。真正的悲剧在于他的感受力。把这部戏中所有的情节都改换成其他的情节，哈姆雷特无论陷于任何灾难中都可能是一个悲剧；而不管剧中的灾难有多么深重，波洛涅斯绝不会是一个悲剧人物。能忍受巨大的苦难的灵魂在忍受苦难——这个，只有这个，才成其为悲剧。（这段里作者举出很多例子，作为论据，大家可以分别查一下，他们都是谁。通过对论据简单的解说，作者承接之前的论述——悲剧不是悲惨或悲伤，以这些悲剧人物为例更明确地指出：悲剧是悲剧人物的精神闪光，是他们忍受苦难时表现出的灵魂楷模。）

这样看来，现实主义和浪漫主义之间的区别和悲剧其实没有任何关系。人们一直相信正好相反的说法。有人认为，希腊人到神话中去寻找悲剧的主题，是因为他们要尽力离现实生活远一点，而这是因为他们认为现实生活中没有产生伟大悲剧的空间。最近有一位悲剧作家说："现实主义是悲剧的毁灭者。"事实并非如此。如果现实主义真的只能写寻常的事物，悲剧就会被排除在外，因为能产生伟大的情感的灵魂是不寻常的。但是如果任何人类的事物都不外乎现实主义的关注范围，那么悲剧也就包括在它的关注范围之中，因为不寻常的事物是和寻常的事物一样真实的。（作者转入题材方面，论述悲剧其实是不受题材限制的，它在人类事物的范围里。）当莫斯科的艺术家演出《卡拉玛佐夫兄弟》的时候，舞台上有一个非常可笑的矮个子男人，穿着破破烂烂的衣服，挥舞着胳膊，一边在台上走来走去，一边低声啜泣，这个形象与传统的悲剧人物形象简直有天壤之别，但他却是一个真正的悲剧人物，他撕下了传统悲剧美丽的外衣，（这一点作者前面有所铺垫，即传统悲剧的华丽。）但他却是真正的王者，他发出了痛苦的声音，这是在斗争中产生的人的心灵难以忍受的痛苦的声音。可能再也找不到比这一幕更沉闷、更典型的现实主义场景了，但是我们看到这一幕的时候就感觉到怜悯和畏惧，直到这个人向人们展示了他所能忍受的苦难而获得了尊严。（举出悲剧人物例子，进一步论述悲剧与题材无关。）易卜生的戏剧不是悲剧。无论他是不是现实主义者——一个时代的现实主义者很可能到了下一个时代就成了浪漫主义者——他剧中的人物都是一些灵魂渺小的人物，他的戏剧也只是结局较为悲惨罢了。我们看完他的《群鬼》，心中感觉到的是对社会恐惧地发抖和冷冷的气愤而已，实际生活中有时的确会如此，但这些情感都不是悲剧情感。（举出反例论证，什么不是悲剧的。）

最伟大的现实主义小说都出自于法国人或俄国人之手。读完一本法国小说，我们感觉到的是对人类的一种绝望和厌恶，我们感到人类是那么的卑劣、琐碎和可怜。但是读俄国小说的时候我们却有一种截然不同的感受。（作者继续留在体裁层面，从戏剧转到小说，以法国现实主义小说为例，读者阅读后的感受：卑劣、琐碎和可怜。）我们在俄国人的小说中也会看到法国小说常有的那种描写人本性中的卑劣、野蛮和生活的不幸，但是我们读完之后感觉到的不是绝望和厌恶，而是怜悯和好奇，人竟然能忍受如此深重的苦难。俄国人是这样看待生活的，因为俄国的天才们都是非常诗人化的作家；而法国的天才们不是。（以俄国小说为例谈读者阅读后完全不同的感觉，虽然描写的主题类似。然后指出这差别的根源在于创作者的差异。这一点，我们在经典阅读中也有所涉及，纪德谈陀思妥耶夫斯基。）《安娜·卡列尼娜》是一部悲剧；《包法利夫人》却不是。现实主义和浪漫主义，或是不同程度的现实主义与此都没有任何关系。这是渺小的心灵与伟大的心灵的问题，是具有敏锐观察能力的作家和诗人的天赋之间的问题。（用论据的例子总结，什么是悲剧，什么不是悲剧，决定因素是心灵的伟大与否，而不是题材。）

如果希腊人没有给我们留下任何的悲剧作品，我们就很可能难以知道他们达到了怎样的高度。这三位诗人能够表现人类深深的痛苦，而且他们能够用悲剧来认识和呈现这种痛苦。他们说，邪恶的神秘遮蔽了"任何脑子不是石头块的人都会看到的东西"。痛苦可以激化成一种强烈的感情，而且在悲剧中，人们在平时无法把握到的意义会在瞬间向人们展示出来。（回到希腊悲剧这里，指出希腊悲剧已经达到的高度；指出希腊悲剧大师运用悲剧认知去理解生活，这样才能看到被遮蔽起来的生活本质和真相。）特洛伊女王在最危难的时候，欧里庇得斯通过她对我们说："假如上帝没有玩弄我们的命运于股掌之间，并将我们降为凡俗，那么我们死去的时候不会给后人留下任何东西。后人在我们身上将找不到可以歌颂的主题，也不会将我们的悲哀写成伟大的诗篇"。（用悲剧人物的台词代替论述：如果没有苦难，就不会有悲剧。有了人类忍受苦难的伟大心灵，才有了悲剧的诗篇，而这才是人类的精神遗产。）

为什么普通人的死是一件凄惨的、令人震颤的事情，会促使我们转身走开，而为什么英雄的死却总是悲剧性的，会让我们感觉到一种鲜活的生命带来的温暖的感觉？回答了这个问题，也就解开了悲剧为什么会给人带来快感这个谜。（换一种方式重复前面的论述：悲剧和悲惨的不同。引出下文。）司各特爵士说："永远不要对我说勇敢者的鲜血白流了，他们向未来所有的人提出了庄严的挑战。"一部悲剧结束的时候也向我们提出了同样的挑战。（悲剧是英雄的血不会白流，悲剧是能够面对困难，面对死亡，哪怕是失败之后，仍然能够向我们的未来发出呼唤——唤醒他人，唤醒后人，继承悲剧的伟大情感，带着尊严去面对生活。）伟大的心灵在忍受煎熬和遭受死亡的时候将痛苦和死亡升华到了一个新的境界。通过它我们可以瞥见斯多葛派的哲人王所称的世界主宰，比起我们活着的人面对的现实来说，那是一个更深远、更终极的现实。（作者结束论述时，已经把悲剧的概念升华到了新的层面——哲学的层面。大家要查阅一下斯多葛派的哲学主张，会有助我们理解作者的结论。斯多葛派把人的灵魂看成一种智慧，一种理性，这是人类可以依靠的法宝。作者认为我们面对的现实，比起那样的精神境界仍是路途遥远。）

悲剧的概念思路整理：

题目就是论点，因为是一本书中的一章，所以作者省略的希腊的限定。作为独立文章，论点应该是论希腊悲剧的概念。

悲剧的代表作家，古往今来他们的地位，悲剧的观众，悲剧的内在本质。

希腊人的人性特点，由此决定的艺术的特点，他们创立悲剧的人为因素，或者说根源。

希腊人能够创作出悲剧的精神背景，自由带来思考，发现生活中的苦难，在荷马史诗以来的诗歌传统中，两者共同催生了悲剧。

诗歌为什么能把痛苦升华成快乐的？

总结悲剧的特点：让痛苦中蕴藏着欢乐；它可以表现凶残或血腥，但最后的观感并不在此层面停留。为什么？

悲剧和悲剧的，我们可以理解为悲剧和悲伤，指出二者的不同。

进一步论述悲剧和悲伤的不同所在。

为什么只有悲剧能唤起观众心底的激情和快乐，引出黑格尔的论据，悲剧关注的是精神层面的斗争。提出无辜者的精神斗争。

以悲剧人物为例分类，提出反叛者和无辜者的悲剧意义——无论哪种背景下的人物，他们都能唤起精神的共鸣，为什么？

从古希腊到莎士比亚所处时代，悲剧的产生和发展基于人的内心世界中的英雄主义，而非现实。悲剧是一种面对现实的态度。

悲剧不同于喜剧，它表现的不是生活的表象，而是它的本质。

生活的表象是人类受到很多磨难，需要忍受苦难，但悲剧强调的价值是生命的尊严以及由此产生的意义，所以，只有悲剧可以让这种苦难升华。

人对悲剧的敏感程度不同。也就是说忍受苦难的他同时，不是所有人能够把忍受带入精神层面去思考。

也许满足了物质需求的人，对悲剧更敏感。

指出悲剧和悲惨的事情的区别。通过戏剧中的人物故事，进一步说明什么是悲剧表现的痛苦。

阐述创作题材与悲剧的关系：悲剧与题材无关。通过例子具体说明，什么样的戏剧人物是悲剧的。

从戏剧转到小说，以法国和俄国小说为例，说明悲剧性与心灵的关系，更加否定与题材的关联。

回到起点——希腊悲剧。希腊悲剧是一种认识生活的方式，它把人类经历的苦难，变成精神遗产留给我们。

再次通过悲剧和悲惨的区分，把悲剧定调在——英雄的鲜血不会白流！这是论证的高潮：悲剧精神是可以传承的！

下面我谈一点个人的理解，与大家商榷。

从荷马史诗到希腊悲剧，一个很大的变化是对逆来顺受提出了疑问。命运的安排，神的意志，最后落到个人身上，无论是叛逆者还是无辜者，悲剧提出的疑问，也许无解，但都把人们对苦难的忍受提高到了精神层面。

俄狄浦斯①做的好事导致了他无意的杀父娶母，假如这就是

---

①　希腊神话中的悲剧人物，在不知情的情况下弑父娶母，《俄狄浦斯王》中的主人公。

神的意志，命运的安排，他并不知情。安提戈涅①的两难选择：为兄弟收尸，就会触犯王法。她做出了自己对的选择，但她要为对的选择付出代价。

这些悲剧人物并没有现实意义上的出路，所以才是悲剧。即使英雄之死是避免不了的，却要死得明白，死出精神的闪光。这种清晰的意识带来的更为清晰的意志，在悲剧人物奔向命运终点（悲剧终点）的过程中，诞生了悲剧精神！**"永远不要对我说勇敢者的鲜血白流了，他们向未来所有的人提出了庄严的挑战。"一部悲剧结束的时候也向我们提出了同样的挑战**。是的，英雄的血不会白流，在向我们做出挑战的同时，英雄的悲剧也在激励我们，净化我们，使我们成为前仆后继的后备人选。我们看电影《英雄儿女》②，无论影片中的英雄还是英雄的原型③，他们的英雄行为即使在和平年代仍然可以激励我们。电影《敦刻尔克》中那些无名士兵，在编导的塑造下，也具有了悲剧性。他们的牺牲让我们热泪盈眶，因为这样的激励，我们会继续对抗法西斯；我们会在祖国危急的时刻再次拿起武器……这就是汉密尔顿对希腊悲剧的总结。悲剧所唤起的心潮澎湃，变成持续不断的悲剧精神，直到下一个英雄的鲜血洒遍原野。这是人类面对生存中的一切表示出的一种精神，一种尊严。即使我们赢

---

① 希腊悲剧家索福克勒斯同名戏剧的女主人公，她为埋葬身为叛逆者的兄弟，被国王处死。

② 1964年长春电影制片厂出品的战争片，表现了抗美援朝战场的英雄事迹。导演武兆堤。

③ 电影中王成的原型之一蒋庆泉，也是当年三个原型中唯一的幸存者。

不了，我们也不会输掉精神和尊严。我们为此奋斗。

结论

我们现在回到结论上。论文的结论，我们可以理解为结尾。作为结论，假如论述成功，它是一个顺理成章、水到渠成的过程，结论会自然浮现出来。所以，总结论点式的结论有点画蛇添足。文章的结尾，其实还有另一个功效，那就是在文章的出口处建立一个新的层面。比如：

留出余韵，促进读者阅读后的联想或者思考。

升华，对自己所做的论述，在新的层面做出总结。

能够反映出这两个特点的结尾有很多，我选里尔克的《罗丹论》。前面我引用过他的开头，作者开篇点出的是罗丹作为一个艺术家的孤独，以及被人误读。里尔克给出的结尾是这样的：

> 人们终有一天会认识这位伟大的艺术家所以伟大之故，知道他只是一个一心一意希望，能够全力凭借雕刀的卑微艰苦劳动而生存的工人。这里面几乎有一种对于生命的捐弃；可正是为了这忍耐，他终于获得了生命：因为，他挥斧处，竟浮现出一个宇宙来！①

这样的结尾中包含了作者里尔克对他所评论的人物罗丹的

---

① ［奥地利］里尔克：《罗丹论》，梁宗岱译，139页，北京，中央编译出版社，2006。

理解和尊敬。这是艺术家对艺术家因理解而产生的更高层次上的认识。里尔克认为罗丹像工人一样，首先是一个无比忍耐的劳动者，为此放弃了自己生命的舒适，他的全部辛劳使得他的艺术品获得了生命。这样的认识唤起的情感，令人感动。

因此，论文的结论在结尾处，不要随便重复一下论点就完事，不要浪费最后的字数。写作者可以提出自己论述过程中发现的，本篇中无法完成的其他论题。把它作为一个新的论题，仿佛将结尾变成另一个论文的开头，或者就是朴素地简述一下，结束全文。

论文写作的补议

兴趣和热情

论文写作中，理性固然重要，但属于感性的热情也很重要。假如我们的写作心态像多数中学生完成作文那样，很难写好论文。

首先选择一个我们感兴趣的论题。我们前面说过，论文很像一个人在讲道理。一个人为自己喜欢的人或事辩论说理，肯定会投注感情和热情。这种"感情色彩"最后会增加论文的感染力。

其次，兴趣和热情也可以帮助我们更主动更充分地收集资料，为论文做准备。

最后，写论文时感性活跃，也可能带来一些弊端，例如太情绪化，影响我们的理性判断等。但这些，我们都可以在论文最后修改中加以修正。

论据必须可靠

对待论据的态度，一定要清楚守住底线——翔实、可信、可考。只有做到这几点，论据才是可靠的。可靠的论据对于论点和论述来说，就像可以放心托付的朋友，它们必须互相信任。而且这个信任不仅仅是作者的"认为"，必须也是读者的认同。不然，作者感情用事，提出表面看十分有力的论据，但经不起推敲，最后不攻自破。

我们读刘小枫先生的论文，很多论据并没有给出出处，但它们绝对是经得起考据的。这是由作者本人声名担保的，著名学者的声誉就是其著作互相担保的结果。

论述语言

论述语言是初阶论文写作者的困难之一。通过阅读论文范本，提高眼界，是锤炼语言的第一步，所谓眼高。

其次，改善手低问题。每个人有自己的方式，也许，模仿是一个不错的途径。比如，抄录好的论文，最好整段抄写，体会把玩它的语句勾连、内容的搭建以及如何贯穿。这样的抄写达到一定量的时候，会在你的行文上起到预想不到的作用。因为语言说到底，也是一个习惯。你在东北每天听东北话，无论如何都是学不会广东话的。文字一如我们的口语，你经常阅读抄写优秀的篇章，动笔就不会太差。

大学毕业论文的写作要点补充

毕业论文的写作，原则上与一般论文写作没有本质上的区别。但现在高校文论写作有一些固定的模式，不按规定写，扣分。这个我们就不探讨了。

早准备

大学毕业论文一般情况下，是在大四学年开始着手，确定选题，查阅资料到最后动笔写作修改成稿。假如想写一篇好的毕业论文，我们建议在大三就开始寻找确立选题。开题之后，学生为论文做准备、阅读、查资料、相关实践等，时间更加充裕，可以准备得更好。在相关阅读和准备中，学生根据自己眼界的开拓和经验的丰富，随时调整论文的想法。在动笔时，论文的雏形更加完备。

勤动手

确定了论题的同学，在与之相关的阅读中，一定要做笔记，建立卡片。随手抄录自己的资料，一定不要嫌麻烦。

这样做的好处很多。一是通过抄录存档，在论文引用时手到拈来，节省时间和精力。二是，大量抄录可以练习论述能力，提高自己的论述语言。

俯视图

在论文的准备中，以及论文的写作中，要有意识地尝试对自己的论文，在脑海中建立"俯视图"。对自己要写的方方面面，以及各方面涉及的论据；对论述的先后以及主次等做到心中有数。最好能不看任何提示，张口就能陈述出来自己论文的大概。

这样的意识，可以在具体写作中帮助我们保持条理。更大的一个好处是，可以节省论文答辩的准备。论文答辩，其实要检验的就是我们对论文周边的了解，我们对自己论文的理解，还有我们对自己论文的捍卫能力——随时驳倒我们的论敌。

如果我们在论文准备中，兼顾了论文写作和论文答辩，还能提升我们的综合素养——书面表达和口头表达互相补益。充分的准备，从容的写作，坦然的答辩，形成良性循环。

更大的一个好处就是根本无须担心论文查重。你所应用的资料都是经过自己消化理解的，通过自己的语言陈述，就不存在查重的问题。大学阶段，毕业论文是一个非常好的锻炼机会。认真对待而不是应付，通过一个论文写作，也会使一个同学的写作能力提升一个层次。在教学中一些同学的实例已经充分证明了这一点。

16　诗歌之美

要想更好地理解诗歌，我们先读读诗；有了感性认识再去消化概念，也许是我们接近诗歌的近路。

关雎

关关雎鸠，在河之洲。窈窕淑女，君子好逑。[①]

古诗的优美，只有通过咏读才能深切体会。河心的小洲上，雎鸠在鸣，贤淑甜美的女孩，是翩翩君子的佳偶。我们读着读着就能体会到，诗的意境合上了诗的韵律……我们仿佛荡舟河上，嘴角微微含笑。

……

死生契阔，与子成说。执子之手，与子偕老。[②]

无论生死，我们手拉手，共同面对，这是我们的约定！从

---

① 见《诗经·周南·关雎》。
② 见《诗经·邶风·击鼓》。

战争的生死，到恋人的偕老，诗意在流转，最后不变的是它的美！美，让我们痴迷，于是有了执着的约定。约定又有了新的美。

采桑子

轻舟短棹西湖好

绿水逶迤

芳草长堤

隐隐笙歌处处随

无风水面琉璃滑

不觉船移

微动涟漪

惊起沙禽掠岸飞①

欧阳修的这首《采桑子》，读起来就像一首不为告别的骊歌，少了忧伤，余出都是悠扬。绿水逶迤，芳草长堤……我们一读这样的连句，仿佛身体也要随之摇晃，感受到西湖之好。不觉船移，微动涟漪……景色，心境和憧憬都有了。

---

① 见《采桑子十首》，这是宋代文学家欧阳修所作的一组联章诗。

鲁米的诗①

不要悲伤。

你失去的任何东西，

都会以另一种形式回来。

从小到大，我们一定读过箴言，智慧的箴言经历了时间的检验，跨越了民族的局限，引导我们的心灵。但鲁米的箴言除了智慧，还有某种蕴含在语言中的美，这种美带一点忧伤的色彩。与其说，它启迪我们改变自己的思维和生活，不如说，我们的心灵首先被它感染了，为它的真诚和优美。这就是诗歌的特点，让我们的改变变得容易些，更自觉自愿。

我沉着

我沉着，悠闲地站在自然界，

作为万物的主人或主妇，直立于非理性的生物当中。

像它们那样充盈，那样驯服，那样善于接受，那样

沉静，

发现我的职业、贫困、坏名声、缺点和罪恶，

并不如我想象的那么要紧；

---

① 鲁米是 13 世纪的波斯诗人和学者。

我面对墨西哥海，或者曼哈顿、田纳西或者远在北部
或内地，

做一个生活在河边的人，或是在林区，

或在这个国家或沿海的任何农业地带，

也许是加拿大，或者湖滨；

我无论生活在哪里，都不让任何意外来打乱这自我
平衡，

面对黑夜，风暴，饥饿，嘲弄，事故，挫败，

都要像树木和动物那样生存。[①]

我们每个人都知道自己生活在自然的怀抱中，但我们中很少有人有过拥抱大自然的感觉，有过这样的情怀。诗人惠特曼在他的诗歌中获得了这样的广阔和热情。他诗歌的视角仿佛是上天洞察秋毫的慧眼，从小到主妇、贫穷和嘲讽；大到墨西哥海、加拿大湖和任何农业地带……而且从容悠闲、沉着，像树木和动物那样生存着。诗人让我们有了一种新的自我理解：我们的身心既可以像无限的自然那么博大，也可以像树木动物那么微小。自我膨胀像被针刺破的气球，我们长吁一口气，放松下来。还有其他艺术能有这么快的治愈功效？

---

① ［美］惠特曼：《草叶集》，楚图南、李野光译，29页，北京，人民文学出版社，1987。

我的梦[①]

那个梦

活了

我的一辈子

　　这首短诗让多少人陷入了长长的回忆！忆起我们曾经的梦想；忆起我们曾经的爱情；忆起我们曾经可以走但没有选择的道路；忆起我们没有真爱的某个人、某件事情……这些都是梦；梦在这里变成一片天，覆盖了我们的生活。

　　这十几个字的小诗，我们能忘记吗？

但愿我有

但愿我有

愉快的工作，

等做完再死吧。[②]

　　石川啄木的诗歌都像絮语，在我们耳边呢喃，回响却在我们心里。他的诗句柔软地飘向我们，回响中会震醒我们的沉睡或自以为是。我们被工作烦恼的时候，他的愿望让我们惭愧；

---

① 作者罗莎・奥斯兰德。
② 引自《石川啄木的诗歌集》，周启明、卞立强译，北京，人民文学出版社，1962。

当我们被痛苦折磨时，他的诗句提醒我们，瞭望一下我们尽头的死亡吧，还有什么痛苦呢？

像这样细细地听①

像这样细细地听，如河口
凝神倾听自己的源头。
像这样深深地嗅，嗅一朵
小花，直到知觉化为乌有。

像这样，在蔚蓝的空气里
溶进了无底的渴望。
像这样，在床单的蔚蓝里
孩子遥望记忆的远方。

像这样，莲花般的少年
默默体验血的温泉。
……就像这样，与爱情相恋
就像这样，落入深渊。

茨维塔耶娃是阿赫玛托娃之后最出色的俄语女诗人。茨维

---

① 作者茨维塔耶娃，译者飞白。

塔耶娃以写爱情闻名，这首诗集中体现了她的情诗特点：纤细，沉浸，升华之后的形而上之美。

细细地听，潜心地闻，无尽的想象，作者聚拢了我们的感官，因为有了爱，我们能听到平时听不到的细微之幽；闻到了平时忽略的清新之幻。因为爱，因为沉浸我们的想象在飘飞，床单的蓝色一如蓝天，俯瞰岁月；热血青年与爱情相恋……

我们体会了爱情的美妙之后，多么想永远保有它啊。这时，我们也许就该理解诗人最后的诗句：**就像这样，落入深渊**……仿佛爱情也会在某一天下落……

诗，需要品味。而这个品味纯属私事。

活在珍贵的人间

活在这珍贵的人间

太阳强烈

水波温柔

一层层白云覆盖着

我

踩在青草上

感到自己是彻底干净的黑土块

活在这珍贵的人间

泥土高溅

扑打面颊

活在这珍贵的人间

人类和植物一样幸福

爱情和雨水一样幸福[①]

变成干净的黑土块，体会植物般的幸福，体会爱情和雨水的幸福……海子的诗句仿佛把我们每天生活的人间换了一个模样，止住了我们的抱怨，顺着他的手指，我们忽然看见了太阳强烈，水波温柔的人间；脚下有了踩着青青草地的感觉。海子写出了这样的人间诗句说明，世界在我们的想象中，也在我们的感觉中。

我们如何感觉呢？通过诗歌去感觉人间的诗意，应该是诗歌最大的功用。通过这些例子，我们走近了诗歌，似乎也闻到了它的芳香气味，感觉到了它的温柔和美丽。学诗，可以陶冶我们的情操，最后落到我们的文字上，就是行文的纯净和优美。

经常朗读诗歌，还可以培养我们的旋律感。普通的叙述语言也是有旋律的，行文抑扬优美，说的就是这个。

有了这样的感性认识，关于诗歌的理论，我们可以很容易自学。作为最古老的文体，它是怎样在东西方演变发展的，诗歌有怎样的分类，中国古诗与外国诗歌的异同等，这些我们可以通过各式各样的方式去了解。关于诗歌，最重要的是体会它。

其次是把我们体会到的诗意融入我们的具体生活中。即使

---

① 海子：《海子的诗》，北京，人民文学出版社，1999。

我们不写诗，也要允许诗意走进我们的生活，这样诗歌才能在写作上最大限度地帮助我们。

下面我们引用《最美诗歌 30 首》这个公众号的开卷语，结束本节。

诗歌是另一种生活，

诗歌是另一种情感，

诗歌是对精神的爱抚，

诗歌是温暖，

诗歌是公平，

诗歌是补偿，

诗歌是安慰，

诗歌是一种尊严，

也是一种冒险。

诗歌是生命的节律，

也是梦的痕迹。

诗歌是我们遗失的山河大地。

诗歌是我们手上的种子和风雨。

诗歌是我们的游戏和心灵。

对每个人来说，

最好的诗歌是，自己活成一首诗，

无论快乐还是忧伤。

活不成一首诗，写一首诗吧，

写不成一首诗，听一首诗，如何？

诗歌不是林中的另一条路，

诗歌是林中的阳光，它普照世间所有的路。

它悲伤的微风，吹进每一棵树的枝杈

……爱伦坡说，我们留不住手中的沙粒，但诗歌可以

呀……①

---

① 见皮皮：《最美诗歌30首》。

17　小说之说

上

概述

小说是以刻画人物形象为中心，通过完整的故事情节和环境描写来反映社会生活的文学体裁。

人物、情节、环境是小说的三要素。

情节一般包括开端、发展、高潮、结局四部分，有的包括序幕、尾声。环境包括自然环境和社会环境。

小说按照篇幅及容量可分为长篇、中篇、短篇和微型小说（小小说）。

按照表现的内容可分为神话、仙侠、武侠、科幻、悬疑、古传、当代、浪漫青春、游戏竞技等。

按照体制可分为章回体小说、日记体小说、书信体小说、自传体小说。按照语言形式可分为文言小说和白话小说。

鲁迅先生在《中国小说史略》①开篇写道：

---

① 鲁迅先生论述中国小说发展史的专著，释评本，上海，上海文化出版社，2005。

> 小说之名，昔者见于庄周之云"饰小说以干县令"（《庄子·杂篇·外物》），然案其实际，乃谓琐屑之言，非道术所在，与后来所谓小说者固不同。[①]

小说，最早的提法可以在中国庄子的外物篇中找到，正如鲁迅先生指出的那样，这个小说与我们今天惯常理解中的小说是不一样的。庄子所谓的"小说"，是指琐碎肤浅的言论，"其于大达亦远矣"，以此是很难追求到更高的境界。由此可见，小说这种文学体裁在古代被视为不登大雅之堂的小技，非道术所在。随着历史变迁，在中国文学史上小说也得到了长足的发展，逐渐取代了其他文体的主导地位。

我们今天阅读的小说，在其写作方法上，与其说继承了中国的小说传统，不如说更多借鉴了西方的小说经验。除了武侠小说，早在 20 世纪初期，在小说写法上对西方小说的借鉴就开始了。这种趋势在白话文运动之后更为普及，中国作家翻译了大量西方的小说，我们的文学渐渐浸染到西方文学传统中。

我们下面对小说的讲解，也以此为前提。鉴于小说自身的特点，我们本着先简后难的原则，逐步深入地了解小说的构成。有人说，小说可以没有故事，没有情节，但必须有人物。为了增加一些对小说的感性认识，我们先看看下面这个短篇

---

① 鲁迅：《中国小说史略》，1 页，上海，上海文化出版社，2005。

小说。

奥勒和特露法 [1]

两片树叶的故事

　　森林很大，密密地长了树，有各种各样的叶子。时间是十一月。往年这时候天已经冷了，也许还下了雪，可是今年十一月天气还比较暖和。夜晚天凉，刮起风，但是早晨太阳一出，天又变暖了。你会以为还是夏天，不过整个森林的地上已经铺满了落叶，有的橘黄像番红花，有的艳如红酒，有的金闪闪，有的五彩斑驳。树叶是被风、被雨刮下来的，有的在白天，有的在夜晚，它们给森林铺了一张厚厚的地毯。虽然叶浆已经干了，叶子仍旧发出清香。太阳穿过活着的枝条照在落叶上，经过秋天的风雨而存活下来的虫子和蝇子爬在落叶上。落叶下面的空隙给蟋蟀、田鼠和其他许多寻求泥土保护的活物提供了藏身之处。那些冬天不迁移到热带去而待在这里的鸟雀，在光秃秃的树枝上栖息。其中有麻雀，它们身体很小，然而天生很勇敢，而且经过几千代积累了经验。它们跳呀，叫呀，搜寻着森林在这个季节提供的食物。最近几星期来，许许多多有翅和无翅的虫子死去了，但是谁也没有哀悼它们的逝去。神

---

　　① ［美］艾萨克·巴什维斯·辛格：《辛格短篇小说集》，裘克安译，北京，外国文学出版社，1980。

造的活物知道，死亡只是生命的一个阶段。春天来时，森林会再度长满翠绿的草叶、灿烂的花朵。候鸟会从远方归来，找到它们遗弃过的巢穴。即使巢穴被风雨损坏了，修复也很容易。

在一棵几乎掉完叶子的树的梢头，还留着两片树叶。一片叫奥勒，一片叫特露法。奥勒和特露法长在同一枝树杈上。它们长在树梢，因此能得到充足的阳光。不知道为什么，奥勒和特露法经受住了风雨和料峭的夜寒，仍旧挂在那枝头。谁知道为什么一片树叶掉落，而另一片树叶却留下呢？可是奥勒和特露法相信，问题的答案在于他俩相互间深厚的爱情。奥勒比特露法略为大些，比她年长几天，但是特露法更漂亮，更柔弱。当风吹，雨打，雹子从天而降的时候，一片树叶能帮另一片树叶什么忙呢？即便在夏天有时也有叶子会脱落；何况秋冬一来，更没有办法了。虽然如此，奥勒还是找一切机会来鼓舞特露法。当最猛烈的暴风雨来临，雷劈，电闪，风不但刮走叶子而且折断枝桠时，奥勒恳切地对特露法说："坚持，特露法！用你的全力坚持呀！"

有时在寒冷和刮风的夜晚，特露法泣诉道："奥勒，我的日子到了，不过你可要坚持呀！"

奥勒反问道："那为什么？没有你，我的生命还有什么意义？如果你掉落，我要和你一起掉落。"

"不，奥勒，不要这样！一片树叶只要还能挂着，它就不能撒手……"

奥勒回答道:"那全看你是不是和我一起留下。白天我瞧着你,爱慕着你的美丽。夜晚我闻见你的香气。不,我决不愿意留下做一棵树上最后一片孤独的叶子!"

特露法说:"奥勒,你的话真甜蜜,但这不是真话。你明知道,我已经不再漂亮了。看,我有多少皱纹啊!我的汁液全都干了,我在鸟儿面前感到羞愧。它们的眼神充满了对我的怜悯。有时我觉得它们像在嘲笑我变得这样枯萎。我已经失去了一切,只剩下一样东西——我对你的爱情。"

奥勒说:"这不够了吗?爱情是最高的,最美的。只要我们彼此相爱,我们就会待在这里,任何风暴都不能摧毁我们。特露法,让我告诉你:我从不曾像现在这样深切地爱你。"

"为什么,为什么,奥勒?我全都变黄了。"

"谁说绿色才美,黄色不美呢?所有的颜色都一样美丽。"

奥勒正讲这个话的时候,特露法几个月来一直担心的事情发生了。一阵风吹来,把奥勒从树枝上撕脱了。特露法开始颤摇,看来她自己也快扯掉了,但是她还牢挂着。她看见奥勒落下去,在空中摇晃,她用树叶的语言对他呼喊:

"奥勒!回来!奥勒!奥勒!"

可是她的话还没喊完，奥勒已经不见了。他同地上旁的树叶混杂在一起，分不清了，剩下特露法孤零零地挂在树上。

白天未尽的时候，特露法还勉强忍受住了悲哀。但是天黑下来，冷雨开始滴落，她就陷入极度的悲痛中了。她把所有树叶的苦楚全都责怪到树的身上，这粗大的树干和强劲的树枝。叶子掉了，树干却又高又粗地挺立着，牢牢地扎根在地里。风呀，雷呀，雹呀，都对它无可奈何。对于这大概永生的树来说，一片树叶的命运有什么关系呢？在特露法看来，树干是和上帝一样。它用树叶遮体几个月，然后又把树叶抖落。它用汁液滋养了树叶，高兴多久就多久，然后又让树叶干渴而死去。特露法哀求树干把奥勒还给她，叫夏天回来，但是树干听不见，或者是不听她的祈求……

特露法没有想到，一个夜晚会有这么长，这么黑，这么冷。她对奥勒诉说，盼望着回答，但是奥勒没有回音，没有一点表示他还存在的迹象。

特露法对树说："你既然从我这里夺走了奥勒，那就把我也带走吧。"

但连这个请求，树干也不理睬。

过了一会儿，特露法迷糊了过去。这不是睡眠，而是一种奇怪的倦怠。特露法醒来，惊异地发现自己已经不再挂在树上。在她睡着的时候，风已经把她刮下来了。这次的感觉，和往常日出时她在树上的感觉不同。她所有的恐惧和忧虑现在全都消失了。这次觉醒也带来了一种她从未有过的意识。现在她意识到，自己不只是一片仰风的鼻息的叶子，而是成了宇宙的一部分。她不再是渺小的、纤弱的、短暂的过客，而成了永恒的一部分。借助某种神秘的力量，特露法懂得了自己的分子、原子、质子和电子的奇迹，懂得了自己所代表的巨大能量，懂得了包括自己在内的天设的计划。在她旁边躺着奥勒，他们重逢时彼此产生着一种过去未曾感觉过的爱。这不是依赖于巧合或情绪突变的爱，而是一种像宇宙本身一样宏大和永存的爱。从四月到十一月，他们日夜担心发生的东西，原来不是死亡，而是得救。一阵微风吹来，把奥勒和特露法吹起，他们在幸福的情绪中冉冉升起，只有那些解放了自己，并同永恒融合在一起的，才感受得到这样的幸福。

这篇小说的人物是两片叶子，但不妨碍我们为之动容。为这两片叶子命名、编写它们故事的作者辛格，在动手写这篇小说之前，或许已经体会到了奥勒和特鲁法之间的深情。我们无法猜测，他将两片叶子的爱情升华到永恒的高度，是在哪个创作阶段完成的。

一篇小说被完成之前，在不同的作家那里往往有着不同的孕育过程。有的过程短于一个片刻，仅仅是一个闪过的念头就促使作者动笔了；有的是几年甚至几十年的漫长养育。我们由此走入小说，看看小说产生的初衷。

小说的初衷

初衷，并不是最恰当的那个词，用来代表写一篇小说的冲动，或者说最原初的感觉。

首先，我们澄清一下，这里所指的初衷不完全是小说的主题。小说的主题，严格说是读者阅读之后对小说做出的总结性的概括。丹尼斯·威特库姆把小说的初衷称为小说的前提，以此作为创作这个小说的出发点。他说，野心导致欺诈，就可以作为一个小说的前提。我们可以把这个前提当作主题，开始创作作品。但作品完成后，它的主题呈现也有可能偏离这个前提，可能从这个野心发展成了与野心无关的绝望。我们这么说，就能分清初衷作为前提和最后表现在作品中的主题的分别。

主题是作品完成之后的产物；初衷和前提是作者决定创作作品时的内在感觉。这两者并不是对等关系。一对中年夫妻的婚姻危机带给我们写一个故事的冲动。危机中的很多负面情感，似乎决定了故事的走向——一个悲伤的分离结尾。但在具体创作中，人物站起来了，他们的性格以及性格逻辑让作者看到了他们感情中仍然存在的深情甚至爱情。作者听从人物的召唤，走向了与初衷相反的结局——一个温情的幸福结束！

布朗·肖[①]在《文学空间》中，把这个初衷称为——中心点。

---

① ［法］布朗·肖(1907—2003)，作家，代表作品《文学空间》等。

"这个中心点就是模棱两可"，他断言初衷、中心点、出发点等都无法向我们展示最后可以确定的主题，它们不过是一个"缘起"。当你根据某个念头，某种思想完成作品时，你写出来的通常与你想的不是一模一样。有时你觉得完全没有达到想的那种状态；有时觉得接近了；有时觉得比想的更好。小说家奥康纳就曾提过，有时候促使她写一个故事的缘起，是墙上的阳光，挂在那里的一个礼帽，一个立在墙角的拐杖……也就是说，是一种感觉。它也可以是一种记忆，一个梦境，一个无法忘却的人，一件物品，一个听说的事件，一个爱人……总之，它应该是一种强烈或者执着的感觉、冲动，能鼓动你拿起笔。正如小说家略萨①的忠告：

> 不写内心深处感到鼓舞和迫切的东西，而是冷冰冰地以理智的方式选择主题或者情节的小说家，是名不副实的作家；因为他以为用这种方式可以获得最大成功，却因此注定他是一个蹩脚的小说家。……我认为……根据让我们着魔、让我们感到刺激、甚至神秘地与我们的生活紧紧联系在一起的那个东西写作，可以写得"更好"……②

对此，略萨还有一句话说得很中肯，这个让小说家着魔的

---

① 秘鲁作家，1936 年生，2010 年获诺贝尔文学奖，代表作品《城市与狗》《胡利安姨妈与作家》。

② ［秘鲁］马里奥·巴尔加斯·略萨：《给青年小说家的信》，赵德明译，24 页，译文稍有改动。上海，上海译文出版社，2004。

初衷，也是从小说家身上汲取营养的。因此，小说家要不断地补充配给。这个初衷是小说家身上的寄生虫，作者要养活它，养好它，必须不断充实自己，拓展自己的认知，才能不断地从这个"虫"身上得到冲动。

小说人物塑造

我们肯定还没读过没有任何人物的小说。也许我们可以这样说，没有人物就没有小说。有的小说可以没有情节，没有对话。无论没有什么，必须有人物。这节开篇我们读到的那篇小说，虽然没有人，但有人物；它的人物是两片叶子。

小说中的人物是虚构的，需要我们塑造。很多教科书中都强调过，小说的人物一定要个性鲜明、生动、有感染力。准确说，这是成功人物塑造应该达到的效果。为此我们需要做什么，怎么做才能达到这样的效果。我们从几个方面着手，探讨一下怎样塑造一个人物。

与绘画的人物肖像类似，小说的人物要有外貌（包括服饰）、行为、语言、心理和思想（想法）。我们不用画笔颜料，而是用语言加以描绘。

小说人物的塑造不同于绘画或影视作品，它需要读者的想象加以配合。曹雪芹《红楼梦》里的贾宝玉，可以有成千上万形象，但电视剧中的只有一个，像演员的那个。所以，文字描绘人物时，一定要为读者留出想象的空白，不宜说得太多，太满。

从整体上说，描绘一个人物首先要简洁。简洁中最关键是准确。准确和简洁几乎是一回事。川端康成的《伊豆舞女》，是一篇令人鼻酸的作品。小舞女令人怜爱的形象深深地印在读者心里。男主人公"我"爱上了小舞女，他们告别流泪前，有的读者先流泪了。我们通过下面的例子看看作者如何描绘分别中的两个人物。

靠近码头的时候，蹲在海边的小舞女形象飞进我的胸口。直到我走到她身旁她也一动不动，只是低头不语。昨晚化的妆使我更加动情。嘴角的红色胭脂给她仿佛愠怒的脸庞增加一种稚嫩的威严感。荣吉说：

别人来了吗？

小舞女摇头。

都还躺着呢？

小舞女点头。

荣吉去买船票和舢板票时，我这个那个试着搭话，但小舞女目不转睛地往下看着壕沟的入海处，一言不发。只是赶在我话音欲落未落时一个劲儿地点头。

······

舢板摇晃的厉害。小舞女仍然双唇紧闭，盯着同一方向。我抓着绳梯回头看了一眼，小舞女似乎要说再见，但没说，只是再次点了一下头。登上舢板回去了。荣吉不断挥动我刚给他的鸭舌帽。离海很远之后，小舞女也开始挥动白色的东西。[1]

一个深爱学生哥的小舞女，分别时内心的难过，作者一句也没"明说"，却让我们深切地感觉到了。她低着头，不说话，昨晚的妆容烘托了她此时的表情，同时也表明她没有心情化妆。她听着学生哥的询问，点头作答；因为她一句话也说不出来，也许她一张嘴眼泪就流出来了。写到这里我的眼泪涌进了眼眶，很多年前看这篇小说时就很感动，现在回头深入一个细节中，再次被感动。好的人物塑造所能赋予人物的生命，有时能超过活人留给我们的印象。作者这里纯粹写小舞女的笔墨并不多。简洁有时比浓墨更传神。

塑造人物需要的修养

描绘一个人物的肖像、服饰，或者通过他的行为、语言等手段对其进行刻画，在小说创作中都是浑然天成的。准确仍然是第一重要的，其次才是生动。例如人物穿的衣服，他的心理，一定要符合他的人设。一个流浪汉不应该和一个科学家的心理状态类似，反过来，一个老妇人也不该穿成少女，除非有特定前提。要做到这一点，涉及两个方面的修养：生活中的观察和广泛的阅读。

假如我们了解关于时装，关于心理，关于哲学，会使我们

---

[1] ［日］川端康成：《伊豆舞女》，林少华译，25—26 页，青岛，青岛出版社，2012，译文有改动。

描绘人物时更加得心应手，同时更容易接近准确。准确的基础上才能产生生动和感染力。

最生动的一切，也许都是现实中的发生。当年作家巴别尔[①]把自己的习作拿给著名作家高尔基指正。高尔基看到巴别尔创作的问题之后，也为他指出了一条写出好小说的大路：到人间去！巴别尔去了前线参战，之后好几年一直在部队。生活的历练促使他写出了很多优秀的短篇小说，最后结集为《骑兵军》。这本书成为被译成文字最多的名著之一，作者巴别尔仅以此一本书便跻身世界著名作家行列。

作家的哲学修养、思想深度也决定了他笔下人物的层次。英国作家卡内蒂[②]是一个化学博士，但更热衷哲学和文学。他创作的长篇小说《迷惘》获得诺贝尔文学奖。这部小说成功塑造了一个离群索居的书呆子。小说的第一部分——没有世界的头脑，写主人公完全沉浸在书里，对外面的世界完全没有概念。他跟自己女仆结婚完全是为了让她更好地爱护他的藏书，避免火灾。小说的第二部分——没有头脑的世界，我们大概也猜到了，由女仆变成妻子的女人以及她周围的人，组成一个没有头脑的世界。在那个世界里只看重金钱物质，精神一分钱不值。她百般虐待书呆子，把他弄疯了。小说的第三部分——世界在头脑中，书呆子的哥哥赶走了女仆等，把兄弟接回来，但已经发疯的书呆子把自己的书点燃，烧尽。

---

① ［苏］巴别尔(1894—1940)：犹太裔作家，代表作品《骑兵军》。
② ［英］卡内蒂(1905—1994)：作家，代表作品《迷惘》《耳证人》等。

我们单从这三个章回的主题，就不难看出作者的思想深度。他首先从世界观的高度定位人物，进入具体描绘时，读者已经被打了预防针——不会仅从故事的层面去读这个故事。我们可以想象一下，作者从高处深入作品的细部，再回到高处俯视作品的整体布局。这样的一远一近，不仅把握了作品的整体效果，而且避免了描绘人物时过于铺张，滥用文字。正如评论家里德①所说，创作好作品的诀窍在于清晰的思考，还有对文字特性的感知，它的音调、轻重乃至它的渊源等。这就是对作品的整体有全面的觉知和把握，所谓了然于心。这个前提对人物刻画也具有非同小可的作用，不仅可以让人物活在适合他们的世界里，又可以因其个性影响他们的世界，甚至改变命运的走向。人物和作品的构成相辅相成，任何一方变弱，整体就会变弱。

人物对话

在小说中，人物的对话的重要性，几乎等同电影中的台词。有些电影中的人物对话远比那部电影更久地留在我们的记忆中。比如周星驰的很多电影对话变成了流行语。可惜，怎样写人物对话也没有什么套路，在每个作者那里都有不同的可能性，这与个人气质休戚相关。可以作为共性经验的提醒有以下几个方面：

小说中的对话要有口语气息，但不等于口语，是口语的升

---

① ［英］赫伯特·里德(1893—1968)：诗人，文学评论家，代表作品《现代艺术哲学》等。

华。如果过于口语化，整体行文就会出现芜杂琐碎的问题。

其次，人物的对话要符合人物的身份地位、性格特征等，否则会导致虚假，缺乏说服力。

最后，好的对话是有层次的，所谓话里有话。有双关或者暗讽、暗喻等作用。

电影《卡萨布兰卡》①中的几句对话，完全符合我们上面所说的几点：口语感，简洁，意思清楚，双关……因此成为经典。这几句优秀的对话除了情节意义，还表现了人物的情绪和心理活动。它的机智幽默也凸显了人物性格，可谓一石二鸟。

你昨晚去哪儿了？

那么久的事我记不起来了。

我今晚可以见到你吗？

我从不计划那么遥远的事情。

小说对话是行文的一部分，假如它很拖沓，就会影响文章的整体节奏。即使很出色的对话，也一定要服从整体的节奏，避免得不偿失的后果。

人物的行为描写

小说人物的行为描写和小说人物的对话，以及心理描写等

---

① 著名的美国电影，爱情片，导演柯蒂斯，1942 年在美国上映。

诸多方面，都有一个共同特点：他们都是作者的主观投射。一个人的行为在不同人眼里是不一样的行为。一个闲散优哉游哉的人，他的行为在有些人眼里是潇洒自在；在另一些人眼里是懒惰可耻。这一点需要我们时刻牢记：描绘一个人物的行为，是要通过这个描绘达到怎样的目的，而不是为行为描绘行为。我们可以把这个理解为小说描述的主观目的。

小说中所有的描绘都有这样的特质，服从作者完成小说想达到的目的。在初学者中，有时一开始描绘人物，就忘了目的，忘了为什么而描绘……整个描绘冗长不知所指。一篇好的小说，作者的每句话都是有归属的，不是乱说的。描绘，更是如此。

小说的环境描写

说服力

无论人物描写还是环境描写，除了上面说到的主观性之外，还涉及另一个共同点——可信性。

对读者来说，只有在可信，产生说服力的前提下，小说的人物才能立起来，环境才能进入读者的想象中。要做到这一点，描写的客观性就是重要因素之一。主观性张扬的是作者的个性，产生说服力往往是客观性。我们结合小说环境描写说一下小说描写的客观性，以及由此产生的说服力。

三岛由纪夫小说《金阁寺》①中的环境描写，几乎变成了该小说的主要内容。作家笔下的金阁寺变成另一个"主要人物"。主人公"我"对金阁寺的描写，从照片到想象到现实，雪中的金阁寺，无人居住的金阁寺，金阁寺在水中的倒影，"我"仰望中、"我"俯视中的金阁寺……最后对金阁寺的眺望，构成了"我"和金阁寺的彼此映照和关系，就像两个人物的互动一样。

梦幻的金阁在黑暗的金阁之上，依然清晰可见。它的灿烂辉煌没有终了。池畔的法水院的栏杆非常谦逊地后退了，屋檐下用天竺式的肘托木支撑的潮音洞的栏杆，入梦似的向池面探出自己的胸膛。房檐在池面的反映下显得十分明亮，水波的荡漾使倒影摇摆不定。斜阳辉映或月光照耀时，金阁恍如一股奇妙的流动、一种振翅欲飞的态势，都是因为波光的作用。水波映照中，金阁坚固的形态束缚被解开了。这时，金阁仿佛是用永远飘动的风、水和火焰般的材料建成的。②

主人公自身的丑，与金阁寺梦幻般的美，在作者持续不断的描绘中，渐渐变成象征，变成了你死我活的对立。作者越发现金阁寺的美，就越发现自己的丑；这两者越来越不可调和，"我"随之而来的绝望，将他的对立面金阁寺置于危险之中。擅

① ［日］三岛由纪夫：《金阁寺》，唐月梅译，上海，上海译文出版社，2009。
② 同上，221—222页。

长表现毁灭之美的三岛由纪夫，最后写出了丑毁灭美的荡气回肠，"我"烧了金阁寺，烧了能让他看见自己丑的美的存在。深深的悲哀余韵，宛如金阁寺的哀魂在读者心中萦绕不散。

　　我……站起来朝金阁望了望。金光闪闪的梦幻金阁开始朦胧了。栏杆渐渐被黑暗所吞噬，林立的柱子变得模糊不清了。水光消失，屋檐内侧的反光也消退了。不久，细部也完全隐没在黑夜中，金阁只剩下黑魆魆的朦胧轮廓。[①]

　　这两段描写的视角都是主人公的。前面一段他还能看见美轮美奂的金阁朦胧之美，但他心里决定无论如何要烧掉金阁时，金阁便只剩下黑魆魆的轮廓了。环境描写紧紧扣住了人物的心理，也带来了情节上的悬念。读者开始为我们熟悉的金阁担忧。我们对金阁的印象和情感产生于作者对它的诸多**客观描写**，即使是通过人物的主观视角，作者让我们看到的金阁寺的样子仍然是真实可信的。为此，三岛由纪夫去过很多次金阁寺，"像采集植物昆虫标本一样"，"能看的都看了，能去的都去了"，而且是一次又一次。

　　好的描写是建立在对描写对象的熟悉和深入了解基础上。尤其是环境描写，它的生动绝对需要作者深入了解，否则环境描写就无法承担作者赋予的情感，更谈不上感染力。

---

　　① ［日］三岛由纪夫：《金阁寺》，唐月梅译，224 页，上海，上海译文出版社，2009。

气氛

> 从越前（今属福井县）的武生市出发，面向南条山地、沿着日野川的支流走到头，深山里有一所名叫竹神的小村子。全村只有十七户人家，它们星散在溪山的峡谷两侧。断崖峭壁的南条山脉向日本海方向延伸，这所偏僻的穷村就坐落在南条山麓下，它差不多被人遗忘了。附近的人们之所以还谈到它，无非因为它是有名的竹产地。

这是小说《越前竹偶》①的开头，通过这段优美的译文，作者几句话就把我们带进了深山中的一个小村子，一个早被人们遗忘的地方。描写这个环境作者只用了一百六十多个字，简练清晰地为读者由大及小地描绘出的环境，让它轻轻围拢过来，把我们放入幽静之中，等待故事的开始。

这是优秀环境描写（包括风景描写）所需要的特质——**有气氛**。小说中的气氛，是带领作者达到目的的捷径。一旦读者被气氛感染，就会心甘情愿地跟随故事，而且自身携带注意力、想象力和好奇心。水上勉小说开头建立的这种氛围，也许给我们一个"虚假"的印象，以为将要发生一个温馨的故事。但后面故事中真正发生的却是爱情的悲剧。我们读完故事，再回想这个小山村，就不难看出，作者的描绘与故事的内容构成了强烈的反差和映衬。让一个惊悚的故事发生在一个幽静的小山村

---

① 作者水上勉，吴树文译，吉林人民出版社，1982。

里……

村上春树①的环境描写在氛围方面也堪称范本。《挪威的森林》②中的环境，无论都市，还是病院，无论大学还是唱片店，几乎所有的环境描写都是那么可感。我们仿佛就站在人物打工的唱片店里，坐在绿子③父亲的病房里，漫步在直子④医院的菜园里……这些都是氛围的功劳。怎样描绘环境中的氛围，这几乎是无法回答的问题，因为它很难也很个人化。塞尚⑤说，画灰色是很难的，画出灰色的层次就更难。那么环境描绘中的气氛，类似画出灰色的层次。

怎样"营造"环境描绘中的氛围，类似好的家庭主妇营造家庭氛围，不同的主妇有不同的方法。也许，有一个共通经验大家可以参考：在不写作的任何时间为此做出积累。比如，善于观察的同时，也要善于沉浸。我们夜晚在无人的海边停留一分钟，为了看见大海波涛的暗涌，听见它巨大的力量的回声，这就足够了。但是，假如我们在那里独自坐半小时，三小时，整整一夜，这就是沉浸。这两者的差别意义重大。**环境氛围出自我们眼睛所见和心底所感**。作者把从景色环境中看到的，放到心里感受，放到回忆中感受，放到想象中感受，再加上好运气，就可能写出好的环境氛围。

---

① 日本著名当代作家，代表作品《挪威的森林》《海边的卡夫卡》等。
② 村上春树的代表作。
③ 《挪威的森林》中的人物之一。
④ 同上
⑤ ［法］保罗·塞尚（1839—1906）：法国后印象主义画派代表画家。

描写态度

在环境描写的这个概念中，三岛由纪夫抽出了一个点——自然描写，就是对大自然的描写。他认为在这方面日本作家"可以说是世界上数一数二的高手"。这一点，我们在前面金阁寺的描绘中大致感觉到了一些。日本作家描写自然时，的确有与欧美作家不同的态度。我们回溯一下读过的日本小说、诗歌、电影等，它们给我们留下的印象总是浑然天成的淡雅，低微的宁静和隐隐的忧伤。日本文学中呈现的大自然，都是小的，但精美；都是不华丽的，但朴素动人……总萦绕着某种卑微之态。这样的描写态度，与日本人对待自然的态度互为表里，可以归结到日本人对待自我的态度——在自然面前谦卑，向土地俯身，身土不二。这种态度也变成了文学的盆景。

下

小说的"隐私"

难道小说和人一样，也有隐私吗？

也许就是这样。但与人的隐私不同，小说所谓的隐私并没有隐藏的意愿，它像奥秘一样，不容易被人发现而已。法国著名小说家梅里美①写过很多脍炙人口的小说，其中非常著名的《卡门》，因为被改编为同名歌剧过更是家喻户晓。他的另一篇

---

① ［法］梅里美（1803—1870）：著名小说家，代表作品《卡门》《马里奥·法尔哥尼》等。

令人震撼的小说《马里奥·法尔哥尼》更耐人寻味。一个 10 岁躺在草垛上晒太阳的男孩，因为贪图一点儿小钱儿，便藏起了一个被追捕的逃犯。追扑逃犯的人用一块表诱惑男孩儿，男孩儿心动了，出卖了他藏匿的人。这篇小说的结局，大家有兴趣自己去看一下，我们就不剧透了。看完这篇小说，多数人的读后感可能都是沉默，仿佛我们说什么都与故事敲击我们心灵留下的震撼不匹配。这是我们阅读优秀小说常见的读后状态，被感染，被震撼，沉浸再沉浸，久久无法出离。可惜，我们要动手写一篇故事，光靠这些感觉似乎走不了很远。即使我们写了洋洋万字，也许仍然达不到这样的目的。也许，这就是小说的隐秘，它是一种神奇的奥秘，藏在小说的内部，就像手表的机芯。我们需要深入到那里探寻一番。

在小说的隐秘中，有重要的三个要素：空间、时间和叙述者。这是研读小说，探寻小说门道最难的部分。我们逐项看看。

空间

关于小说的空间已经有很多理论著作，这是一个听上去很抽象的概念。所以，我们先着重看一些小说家写的关于小说的理论[①]，为了更好地消化小说结构中很重要的组成部分——空间。

相比小说家，理论家对于小说空间做出概括总结和研究，

---

① 比如意大利作家艾柯，他的《悠悠小说林》和略萨的《给青年小说家的信》，再有亨利·詹姆斯的《小说的艺术》，很多作家合集组成的《短篇小说写作指南》等。

是朝向更加抽象的方向，对于我们具体写作也许不能马上起到指导作用。如果我们有了一定的创作实践，再去阅读理论，那么收益会更大。

小说的空间，我们不妨这样想象一下，它就是放我们要写的故事内容的地方，或者说它是放选中的素材的地方。就像地球上安放大海和高山，城市里安放楼群和街道，家里安放亲人。

这些需要安放的故事素材内容杂乱堆积，小说的空间就是一个无序的仓库。这样的小说一定冗长无趣。这一点我们以前讲叙事章节时已经涉猎过。小说的空间之所以不是仓库，它必须层层叠叠安放故事的内容，像立体有序的立交桥。虽然可以交叉穿插，但秩序井然。小说空间，除了安放内容的秩序条理之外，还有更神奇的意义：一个故事是否有趣，是否深刻，是否令人沉浸或思考，都跟小说的空间有关。我们的很多设想是作者怎样在这个空间里搭建、结构；但是，我们也需要另外的想象，那就是这个空间并不存在，是通过作者摆放各种素材"撑"出来的。其实，我们怎样想象小说的空间，它是事先存在的，还是小说完成之后搭建出来的，都不重要，我们只要抓住一点就可以：怎样构建小说的空间。要做到这一点，除了空间，我们还要引入一个更重要的概念——小说的时间。

小说的空间和小说的时间，就是小说作者的构思，准确说是他构思的最重要部分，决定小说的面貌。

空间中的时间以及风格

在小说中，先说哪句话，先让哪个人物出现，哪个情节先发生，哪个人物后出现，……我们需要按照顺序布置。这个先后的顺序，就是小说的秩序，它们都是小说时间的产物。

在小说的空间里，素材需要摆放秩序，为了更好地搭建甚至需要立体摆放。怎样摆放才能做到立体，细说这是一个大话题，这里我们只谈一点——按照时间的顺序摆放故事内容。

按照什么样的时间顺序？过去—现在—未来，还是现在—过去—未来？小说与现实最大的不同就在此：我们在现实中经历的时间是不可逆的，不可跳跃的；但我们在小说中经历的时间却是千变万化的。确立时间顺序，是每个作者的自由；作者不同，他们的初衷不同，选择也不同。作者对时间顺序的选择，等于他选择了一定的叙事方式。他可以在过去、现在、未来至少这三个时间概念下，玩出许多花样。

作者选择时间顺序决定了叙事方式的同时，其实也决定了小说的风格。为了理解这个问题，我们可以从风格反推时间顺序。一个意识流小说，它的风格决定了它的时间顺序是"混乱"的，像一个想入非非的女人的思绪。所谓意识流，就是故事发展看似像一个无序的流动，到哪儿算哪儿。这只是作品的表象，作为结构方式，这种随意或者混乱也是作者精心安排的。意识流小说的随意性，在结构上的好处是可以节省很多正常叙事中不可避免的情节交代，即我们所谓的来龙去脉。过去、现在和未来，意识流小说作者在这样的前提下，可以变幻出更多的组合，当然怎样变化，都不会脱离这三个时间的范畴。由此，我们可以理解，小说的空间和时间，在构思中，决定的是小说的风格。

叙述者及我你她他……

决定小说风格还有另外一个因素，就是叙述者。叙述者、空间和时间，这三者都是作者构思中的重要对象。它们三者也是互相制约，互相牵制的。叙述者似乎可以主宰空间和时间，那么他是不是可以等同作者？

叙述者是小说最重要的"人物"，是小说写作过程中，最重要的角色。小说中所有其他人物都受制于他。那么，他到底是谁？

他是讲述故事的那个人，是小说的作者？

《阿 Q 正传》的作者是鲁迅，鲁迅是这个故事的叙述者？

略萨认为我们不能把小说作者和叙述者等同起来，"叙述者是用话语制作出来的实体"，而不是像作者那样是个有血有肉的人。鲁迅是《阿 Q 正传》的叙述者，但这个叙述者不是鲁迅先生本人。我们可以这样想，鲁迅先生运用他的智力精力想象力的一部分，为这篇小说打工，身份是叙述者。作为作者鲁迅，在这篇小说动笔前，或许已经工作很久了，对人物进行思考，收集素材等。直到他动笔了，作为叙述者的鲁迅才正式"出现"。

在叙述者这个统一身份下，叙述者还可以有各种化身。略萨在他的《给青年小说家的信》中归纳出三种选择：

一个是由书中人物来充当的叙述者；一个是置身于故事之外、无所不知的叙述者；一个是分辨不清的叙述者，不知道他是从故事天地内部还是外部来讲故事。前两种是具有古老传统的叙述者；第三种相反，根底极浅，是现代小说的一种产物。①

第一种情况，书中人物当叙述者，我们可以反过来理解，就是叙述者在书中"扮演"了一个角色。比如侦探小说作者钱德勒，在他的小说中，他一直扮演书中的侦探马洛。

我第一眼注意到特里·伦诺克斯的时候，他醉了……左脚悬在车外，似乎忘了有这么一条腿。他相貌年轻，头发却是天然白。光看眼神就知道他醉得一塌糊涂，除了这一点，他跟那些穿着晚宴服、在销金窟花掉大把银子的贵公子没有两样。

他松开车门，不再去扶它，醉成一摊烂泥的白发青年顿时从车座上滑了下去，跌坐在柏油马路上。这种时候我不可能袖手旁观，于是我走了过去。跟醉鬼打交道绝不是一个好主意，这一点我早就知道，因为哪怕他认识你，甚至跟你关系很好，也有可能突如其来揍你一拳头。我用胳

---

① [秘鲁]马里奥·巴尔加斯·略萨：《给青年小说家的信》，赵德明译，47页，上海，上海译文出版社，2004。

膊架在他的腋下，将他扶起来。①

　　叙述者，这个叫马洛的人物，与书中其他人物构成关系。侦探马洛是作者钱德勒虚构的产物，一如书中其他人物。但这个马洛与作者更近，几乎可以代表作者的视角。类似的例子有很多，表现方式稍有不同。例如海明威的长篇小说《永别了武器》中的"我"，作为叙述者的同时也是伤兵亨利。他讲述了他与英国护士凯瑟琳的爱情故事。

　　这种叙述者的叙述通常采用第一人称——我。

　　"我"在故事的空间里，像一个摆放人、安排者。他把各种人、各种事件归位，自己当然也站有一席之地。用第一人称进行叙事的小说，往往给人一种亲切、真实的印象。仿佛"我"亲口讲的故事就是"我"亲身经历一样，但这只是一个印象，甚至是一种"假象"。第一人称与其他人称叙事相同，都是作者的设计。

　　第二种常见的叙述是以第三人称进行。

　　"他""她"不在故事的空间里，似乎是置身故事之外，但无所不知。这种叙述也被称为全知全能的上帝视角。

　　"他""她"虽然不在小说中扮演角色，也不设身在他所叙述的故事空间之内，但主宰着小说中的一切。发生什么都是他的安排，他像上帝一样，从高处或者从外部俯视小说中的一切，

　　① ［美］雷蒙德·钱德勒：《漫长的告别》，宋碧云译，1 页，北京，新星出版社，2008。

像我们俯视蚂蚁一样。"他""她"不仅知道人物怎样诞生，还知道他们的结局如何；"他""她"很霸权地向我们展示故事内部发生的一切。到目前为止，这种方式仍然是小说写作中最常见的结构方式，更是传统小说普遍采用的方式。

她腰细，肩宽，臀部突出，挺着身子走着，一边走一边轻轻地摆动。

作者叙述者没有说，他正跟踪这个姑娘，但他能"看见"她的衣着和步态。

他晚上躺在床上想她，第二天醒来还在想她。

叙述者还"知道"，这个男人心里想的什么，虽然他没说，但他已经钻进人物的心里。

这些都是全知全能的第三人称的叙述特质。我们常说的现实主义小说几乎都是这种叙述的产物。它有叙述方便的特点，作者什么都可以写，甚至可以写所有人物脑子里、心里想的一切，甚至梦见的一切，就更不用说看见、经历的一切。但是，这种叙述的"方便"也造成了它的"虚假"；当读者向作者质问，假如一个人并没有告诉你，你怎么能知道他心里想的是什么时，作者除了我就是知道，因为我是作者之外，恐怕提不出别的证据。因此，这也是现实主义小说遭到现代主义小说诟病的原因之一——缺乏客观逻辑。

第三种情况，叙述者像鱼一样，很难被读者抓住。这种叙述采用第二人称——你。正如略萨描述的那样，他是我们分辨不清的叙述者。他似乎在故事的空间之内，有时候又漂移到空间之外。他既像是一个无所不知的从外部命令小说走向的叙述者，忽然又进入到人物中自言自语。这种人称作叙述者不是很常见，但在现代小说中不乏佳作。法国作家米歇尔·布托①的长篇小说《变》②，堪称这种叙述的代表作。全书贯穿的人称是——你。

　　"你"，在书中是一个既有妻子也有情人的男人。他对这两个女人的想象和回忆，是这个长篇的故事内容。当作者写这个"你"时，作者和叙述者似乎是面对面的。这也是第二人称写法的特点，作者与叙述者"合二为一"的同时，也像是在互相审视。但当作者通过"你"去写他的女人时，他们两者好像又取消了面对面，变成了一体：目光共同投向对面的女人，她是"你"的情人或妻子。其实，这时已经增添了一个无形的叙述者视角，即是第三人称的"他"。即使没有"他"这个人称出现，这个人称的视角也出现了：作者叙述者"你"一起看见的，就是第三人称这个视角才能看见的。表面看起来理解这个似乎有相当的难度，但我们抛开小说理论，从生活逻辑出发去考虑这个问题，就很容易理解。

　　关于叙述者，最后我们就停在这一点上：叙述者，无论表面上是哪一种人称，都无法做到纯粹，都会有其他人称暗中参与。除非要做专门的研究，否则我们的探讨就可以在这里结束。这对于我们了解小说的构成已经足够。下面我们结合小说的发

---

① ［法］米歇尔·布托(1926—2016)：新小说派代表作家，代表作品《变》等。
② ［法］布托：《变》，桂裕芳译，北京，外国文学出版社，1983。

展，稍加了解人称以及小说时空从传统小说到现代小说所经历的演变。

传统小说和现代小说的不同侧重

我们从狭义上理解的传统小说，多指现实主义小说。这里着重以现实主义小说为例，探讨小说时空以及叙述人称与现代小说在叙事中的不同侧重。

现实主义小说一如好莱坞电影，在我们的阅读中已经形成了模式。在现实主义小说里，一对多年未见的情人，偶遇在某个街角，是再正常不过的事情。但是，我们在现实生活中经历类似奇遇的可能性小得几乎可以忽略。由此可见，现实主义小说最突出的一个侧重——也是它的创作特点——就是典型化。故事发生的环境，主人公的境遇以及人物塑造都是作者充分设计的主观臆想产物。虽然这种设计未必符合现实生活中的规律或者概率，但在故事中合理。就像我们前面提到的例子，在现实主义小说中，想遇到谁就能遇到谁，都是作者**安排**的。这种"虚假"恰好是现代小说诟病所在。

现实主义小说中的人物也是典型化的产物。一个人物可能是从很多个类似的人物熔炼出来的。一个男主人公身上的优点，我们在现实中从未在一个男人身上发现过，它可能是五六个男人优点的大集合。现实主义小说的这些特征为现代小说生长提供了土壤。

现代小说追求另外的真实，不是用典型化的手段去设计，而是尽可能让作品去反映现实生活的无序、荒诞。不是刻画典型化的人物，而是追寻个体的特质，表现人的内在独特的状态。现代小说不求共性，侧重个体性、独特性。在现代工业革命以及高科技对人类生活发生巨大影响的今天，现代主义似乎更加接近现实。

在现实主义小说中强调真实感，作者尽可能逼**真**地设计人物和情节，以达到感染读者的目的。但这个"**逼真**"中的"**真**"，并不是生活的现象之真，或者本质之真，而是我们欣赏习惯中认为的"**真**"。

德国剧作家布莱希特①在话剧舞台上提出的间离理论，也就是"第四堵墙"的理论，用来解释小说从现实主义到现代主义的发展也很合适。话剧对观众来说只存在三堵墙，舞台和观众之间是没有墙的，是相通的。传统戏剧追求的与传统小说是一样的：让观众信以为真。布莱希特所做的间离就是在观众和演员舞台之间建立第四堵看不见的墙。舞台上的某个演员忽然跳离角色，告诉观众，刚才发生的一切未必是真的，把沉浸在剧情中的观众拎出来，让他们从剧情中清醒过来。目的何在？

目的就是为了最大限度地调动观众的想象和思考能力。独立思考！现代小说更多表现的不是情节的逻辑性、完整性，而是碎片，其目的也是在唤起读者的独立思考，尽可能少受作者

---

① ［德］布莱希特（1898—1956）：著名戏剧家、诗人，创立了著名了间离戏剧理论，代表作品《四川好人》《伽利略传》。

的主观支配。

因为传统小说和现代小说所追求的终极目的不同，他们在表现手法上也分道扬镳了。传统小说最经常采用的第三人称叙事，全知全能的主宰权，被现代小说请下舞台。现代小说即使采用第三人称叙事，也会遵守某种客观规律，在叙述者"不知情"的状态下，不写他或者她心里怎么想；不写叙述者在故事中无法看到、无法知晓的事情。比如，他们不会写一个小伙子心里怎么思念一个姑娘，除非这个小伙子告诉了叙述者。他们也不会写一个姑娘走路的样子，除非叙述者正跟着这个姑娘……总之，小说发展到今天，关于叙述者的叙事更趋近合理。这两种创作类别也发生了很大程度的融合。

小说的时间
故事时间

现在我们回到小说的时间上。前面我们谈了小说的空间和叙述者，之所以先谈叙述者，是因为它涉及很多与小说时间相关的方面。

> 在一部小说作品里，时间会以三种相同的形式出现——故事时间，叙事时间和阅读时间。[①]

---

① ［意］翁贝托·艾柯：《悠悠小说林》，俞冰夏译，57 页，北京，生活·读书·新知三联书店，2005。

这是意大利作家艾柯①提出的关于小说中的时间概念。

故事时间，这个很好理解，就是故事发生的时间长度。《老人与海》的故事时间是八十七天。老人和大鱼的搏斗只持续了两天两夜，但作者在老人出海前交代过：这个老人已经有八十四天没捕到任何鱼。

《尤利西斯》几十万字的长篇，它的故事发生时间是 1904 年 6 月 16 日从早上 8 点到凌晨 2 点，也就是 18 小时。

总之，故事时间就是故事真实发生的长度，这个我们不难理解。这个故事时间与叙事故事的时间分配无关。《老人与海》中八十四天的故事时间，作者只用一句话交代了。

他一个老人，划着小船独自在墨西哥湾中捕鱼，接连八十四天，一条鱼也没有捕到。

阅读时间

叙事时间，是这三个时间中，最难理解，当然也是最难掌握的一个概念。它决定了小说的节奏。所以，我们先看一下比较简单的阅读时间，然后再详细解释叙事时间

阅读时间，我们可以简单地理解为读者阅读时的心理时间。你被一篇小说深深吸引，一口气看完了，阅读速度很快时间仿佛也很快。由此可见，这个阅读时间是受作者控制的，作者的

---

① ［意］艾柯(1932—2016)：著名作家，代表作品《玫瑰之名》《悠悠小说林》等。

写法让作品有了很好的节奏，进而产生了可读性，读者的阅读时间也会因此加快。反之，深奥晦涩的作品，或者叙事节奏缓慢的作品，读者的阅读时间因为速度滞缓而增加。

另一方面，这个阅读时间也因读者不同而迥异。持续的细腻描写，很多读者对此付出的阅读时间很多，因为不是很好读；还有些大段议论，假如读者不感兴趣，阅读速度也会慢下来。当然，也有这样的读者，对自己不感兴趣的片段一律跳过去。

阅读时间没有统一的界定，有些读者被作品唤起无限遐想，那么他的阅读时间里还掺杂了想象时间。总之，这不是我们需要深究的感念，对此有所了解即可。

叙事时间

叙事时间通常是小说作者费心思最多的地方。作者通过对故事素材详略的把控，为读者制造了一个新的时间概念。我们前面讨论过，详略把控，哪里多写详写，哪里略写简写，会使故事产生节奏。那么作者多写的地方，花费的时间也多。而他们详细描写的部分，多写的部分，未必是事件集中，所谓"多事地带"，很可能是一个景物描写，也可能是一个人的面容描写或者心理描写。所以，作者赋予哪些片段更多的时间，不仅是他的权利，而且是他的自由。有的作者在故事发生最密集的"多事地带"集中笔墨，详细叙述和描绘；有的作者在这样的地方，也就是一般作者喜欢浓墨的地方，故意一笔带过，所谓轻描淡写。

作家张爱玲比较喜欢这种避重就轻的笔法：

> 翠芝忽然微笑道："我想你不久就会再结婚的。"叔惠笑道："哦?"翠芝笑道："你将来的太太一定年轻、漂亮——"叔惠听她语气未尽，便替她续下去道："有钱。"两人都笑了。叔惠笑道："你觉得这是个恶性循环，是不是?"因又解释道："我是说，我给你害的，仿佛这辈子只好吃这碗饭了，除非真是老得没人要。"在一片笑声中，翠芝却感到一丝凄凉的胜利与满足。①

这是一部长篇爱情小说的结尾，两个经历各种身心磨难，久别重逢的昔日恋人，终于见到彼此时波澜起伏的心潮，被作者"淡漠"地压住，略施笔墨写了几句对话，半开玩笑半认真，把他们十几年心底的"结"就这么放那儿了。作者通过这样的处理，似乎也把男女主人公的心结留给了读者。由此，作者的创作风格才会让读者久久难忘。

作家纳博科夫的小说《黑暗中的笑声》中，开篇就剧透了故事的结局。这就是个性的表现——反其道而行之：通常作者层层铺垫推进故事的悬念，纳博科夫开篇便毁掉了。纳博科夫在自己的故事中，更多的叙事时间没有交给情节，而是交给了人物刻画。结果小说仍然十分吸引人，阅读过程中根本无法释怀。

---

① 张爱玲：《半生缘》，杭州，浙江文艺出版社，2003。

作者通过对叙事时间的个性化的调整，让一切重组。

普鲁斯特认为福楼拜是"特别懂得如何打乱读者时间概念"的高手，比如在《情感教育》[①]中，福楼拜这样写道：

> 他去旅行。
>
> 他开始懂得在蒸汽船上，夜里醒在冰冷的帐篷里的悲怆。景色和遗迹久而久之变得沉闷单调，还有友谊不了了之的苦涩。
>
> 他回来了。
>
> 他回到社会中，也有了其他的情人，但这永不消退的第一次回忆让他觉得她们淡而无味；除此以外，欲望的愚蠢欲动，也即是爱之花，已不复存在了。

我们看到作者用简短的篇幅，概略地写了一个人所经历的漫长时间。也就是说，故事的时间在叙事时间中被压缩了，其结果便是用略写加快了故事的进度。一个人去旅行，途中经历了足够长的时间体会人间百味；回来之后，回到社会中，也许用了更长的时间，有了诸多阅历，最后得出对初恋的感悟。

我们也可以找到相反的例子：一个濒临死亡的人，在病床上最后的一小时里，回忆了自己一生中所经历的难忘之事。有

---

① ［法］福楼拜：《情感教育》，福楼拜的代表作品之一，李健吾译，上海，上海译文出版社，2008。

时，我们读到作者停止了某个瞬间，可能是老友重逢，也可能是仇人相遇，之后作者叙说他们的往昔，直到整个故事结束。

小说的时间，在概念上我们有所了解之后，具体经验需要我们在阅读与实践中逐步积累。最后对我们写作有指导作用的是概念和具体经验的融合。从理论上了解小说的构成，类似我们开车前看地图，为了胸中有数。我们开动汽车之后，地图就消失了，变成我们整个驾驶过程中的隐约"背景"。学会看地图涉及了两个方面：地图上的规则——地图上的方向比例等；更重要的是地图与实际街道的对应。只有我们所在的街区对应上了地图的方向，地图才能指导我们选择正确的路径。学习写作原理是一个很类似的过程。

18　技巧需要想象力

技巧和蹩脚

我们从文章的构成，讲到文体的分类；也深入文章内部了解了字词的运用。最后我们讨论一下技巧，因为技巧是锦上添花的东西。我们读过的很多文章，都无技巧可言，但仍然是可读的文章。可见，技巧不是一篇文章成立与否的关键，但它却是一篇文章的文采所在。

技巧，可能是作者天赋的产物；可能是作者实践经验的总结；可能是作者性情的产物；可能是作者深刻思想的结果；可能是作者借鉴他人之后的消化理解……总之，它的确存在，但并不能放之四海皆灵验。

技巧都是个人的，张三的技巧，放到李四文章里也许就是蹩脚。世界上有一些艺术家的技巧，是不可模仿的，他们的技巧带着他们自己的标签。如果我们借鉴时无法摘掉它的标签，无法消化掉它的标签，技巧也会让我们露出马脚。

安东尼奥尼的电影《扎布利斯角》[①]有几个视觉片段在电影史上具有开创性，同时也贴上他的标签。其中一个是在沙漠上的

---

① 　美国影片，导演安东尼奥尼，1970 年上映。

群体场面。很多年后，德国导演提克威①的电影《香水》的结尾处有类似的处理。无论这是暗合还是借鉴，后者都会让那些对电影熟悉的人联想到前者。假如后者没有看过安东尼奥尼的那部电影，这种巧妙构思的相似只能说明后者的运气欠佳。

画家杜尚②的《泉》也是一样的。它的巧妙构思从此终结了艺术家任何和小便池有关的创意。值得庆幸的是，不是所有艺术家、作家的风格技巧都有这么耀眼的标签，我们学习技巧还是可行的。学习技巧，需要我们首先广泛认识艺术家的风格。这不仅可以帮助我们开阔视野，提高眼界，而且为我们融通消化它们提供了更多的可能性。因为学习运用某种技巧，不单单是掌握的问题，有些技巧即使我们熟悉，运用时仍然不那么"得心应手"，其原因就在于，这些技巧也许很好用，也很时髦，但它们和我们的个人气质相违背。我们汲取的技巧，需要经过我们个人的内在品格的接受和消化。它们在我们的理解消化之后，通过我们的作品表现出来，才算是变成了我们自己的技巧，才算换了标签，重现有了我们自己的个人色彩和光芒。

技巧，是为了出新；创新，为了张扬自己的个性。因此，一定要扬长补短，不要弄巧成拙。甚至在成熟的作家中，后面这种现象也很常见。

---

① 德国导演，代表作品《香水》《罗拉快跑》《云图》。
② ［法］杜尚（1887—1968）：先锋艺术家，代表作品《泉》等。

技巧　文体　个性

每个作家所拥有的技巧，与其个性几乎是粘在一起的。不同的文体使用不同的技巧，但最终还是归结到作家的个性上。散文写作中，作家都"煽"情，进而达到感染我们的目的。但他们"煽"情、写情的方式又不尽相同。

鲁迅的散文是"晓之以理"。这个理不是大道理，而是具体事件中应该讲的理，因此带出了作者的情绪——时而激愤，时而感慨，时而感动，从而在读者心里唤起共鸣。萧红的散文集《白面孔》[①]，包括她的《生死场》，都属于浓情抒写。但她的"煽"情，更多是通过"无情"的冷观达到目的的。

日本作家川端康成的散文是用"平静""娓娓道来"和细致描写达到煽情目的的。竹久梦二[②]的散文是用孩子般纯粹的语言，描绘视角带有童话的简单和直接，以此展现他的抒情风格。

西方作家在散文方面的建树，与中国日本为代表的东方散文风格稍有不同。加缪[③]的散文《西西弗神话》几乎是一个哲学表达，但它仍是一篇散文。文中的哲思游弋就是他的技巧。在他的抒发中，他将他的哲学主张与他所认识的客观世界进行勾兑，创造了独一无二的哲思文体。诗人里尔克的散文论文也是如此，是他对哲学、艺术、文学、生活等高度统一的理解，因此他的

---

① 萧红：《萧红散文集》，南京，译林出版社，2015。
② ［日］竹久梦二（1884—1934）：画家、诗人，有很多女性肖像画作，代表作品《出帆》等。
③ ［法］加缪（1913—1960）：哲学家、作家。存在主义流派的代表人物之一，代表作品《局外人》《鼠疫》《西西弗神话》等。

阐述既有理论家的高度，同时又具有创作者自身的理解，深入浅出，给人以启迪。

小说的技巧也和散文技巧一样，不同的作家有不同的套路。但也有一类作家因为文体决定，他们运用的技巧几乎都是一成不变的，每本书中改变的部分只是作家的巧妙构思和总能让读者出乎意料的想象力。例如阿加莎·克里斯蒂、东野圭吾、阿瑟·黑利、欧文·肖，欧·亨利等。

一个作家的风格，是他技巧发挥作用之后达到的效果。这二者都与作家的自我状态紧密相关。我们学习技巧的同时，最好也努力去发现自己的个性。

发现自己的个性与自我认知有着紧密的联系。寻找自己的本真，像尘埃寻找土地那样，才是创作者不断获得力量和滋养的真正源泉。因为自我的更新也会带来新的表现方式。使用技巧的目的就是为了求新。意大利作家卡尔维诺的作品充满了变化，他的《分成两半的子爵》《寒冬夜行人》等作品中的表现方式变化，已经不单单是技巧的变化，而是他对世界认知发生改变的结果。自我认知和自我对外部世界的认知也是不可分割的。关于技巧，我们看看达·芬奇的一段话：

……当你看着污迹斑斑的墙面或布满各色石头的墙面时，如果你构思一些场景，你就会发现它们与各个国家相似，同样装点着山脉、河流、岩石、树木、平原、山谷和山丘，同样错落有致。进而你可能看到进行中的战斗和战斗中的人群，以及奇形怪状的面容和服饰，无数的物体，你都可以简化为完美和谐的形态。而这些斑驳墙体所产生的效果就像是钟声一般，在摆动之间，你或能觑清心中所想的某个名字或词语。我见过斑驳墙体上的大理石黑斑，这促使我去虚构各类物体，尽管从任何单独的部分来看，黑斑一点都不完美，但若将它们置于动态环境下，则不无完美。①

达·芬奇说的这段话似乎没有提到技巧，但它恰好说出了技巧的另一个根本所在——想象力。无论什么样的技巧，其中最大的含金量都是想象力。

保护你的想象力，无论你从事什么样的职业！

---

① ［意］达·芬奇：《达·芬奇艺术与生活笔记》，戴专译，94—95页，北京，光明日报出版社，2012。

19　勿忘细节

细节的特点

有人说，对于文学作品，细节是文章生命的血肉。

它必须是可靠的，才能起到支撑文章的作用。一篇论文中的细节可能是论据，论述片段等，假如它们是虚假的、错误的，文章就会因此而有瑕疵甚至坍塌。怎样理解这个靠得住，有人认为它要反映自然或生活的真实，西顿①讲的动物故事《泉原狐》中，写到一个细节：

> ……因为每种动物都有某种极大的特长，不然他便不能存活；也有某种极大的弱点，否则其他动物就无法生存。松鼠的弱点是他愚蠢的好奇心，而狐狸的弱点在于他不会爬树。②

西顿的动物故事都产生于他对自然界的了解和研究。他书里提到的这些细节，完全符合动物界的生存法则，也符合小说

---

① ［英］西顿（1860—1946）：动物小说的开创者，博物学家，代表作品《动物记》。
② ［加］E. J. 西顿：《西顿动物故事》，浦隆译，144 页，北京，人民文学出版社，2016。

中的动物性格。这些真实可信的细节，让西顿的动物故事变成历久弥新的经典。

好的细节也可以是生活本质的表现。卡夫卡的《变形记》，一个人变成了一个巨大的甲虫。这就是表现生活本质的真实，通过寓意表达作者对生活另外的理解：人被生活同化的同时，也在被改变，甚至可以被改变到变成另一种存在。

细节除了靠得住这个特点外，还应该是出色的，令人耳目一新，印象深刻，备受触动的。一个好的细节，它不仅能起到支撑文章的作用，而且能从文中发出光亮，像夜空中的星斗一样。好的细节让文章获得感情色彩，要么温暖亲切，要么深邃冷峻。

什么是细节

古语中，细节一词的初意是琐碎而不重要的事。古人云，为人有大志，不修细节。有远大志向的人，不用纠缠小而琐碎的事情。但在文学创作中，深究细节恰恰又是有远大文学目标之人所应追求的。

在作品中，比细节更小的单位便是句子和词语。细节，是小的情形，是一个环境描写，一个人物描写，一个动作，甚至一个眼神……总之，它是我们无法忘记的细微之处。下面我们举些优秀细节的例子，文学的、电影的、生活中的……帮助大家体会细节的韵味。

电影《敦刻尔克》①中有一个细节，很多人看到那里都落泪了，有人甚至看第二遍时仍然流泪。被困在法国的英军，因为德国的围堵，无法返回，四十万大军按政府预计，能撤回的也许就三万多。很多负责运送士兵的大船都被德国的飞机炸毁了。政府号召民众，用各种私家小船救助被困的战士。等在岸边，等在船上，等在海里的战士，随时可能因为轰炸失去生命。

　　一个军官问拿着望远镜，看着大海的指挥官：
　　您看到了什么？
　　指挥官说：Home（家）。

这时，各式各样的小船飘飘忽忽地浮现在海平线上，他们来接自己的战士回家。四十万撤退的英军，活着回到祖国的不是三万多，是三十三万多。在这一句"Home"中，祖国同胞，亲人家人融合了，每个人都变成了大家，大家团结起来为每一个人……这对任何一个有国家的公民，都是最好的爱国爱家的诠释。

一位挪威作家小时候问妈妈，她是不是爱爸爸。

他的爸爸因为工作关系，每年有7个月不在家。

他以为劳累的妈妈不会回答他的问题，但他妈妈的回答，五十年来一直留在了儿子的记忆中。

———————————

　　①　美国电影，克里斯托弗·诺兰导演，2017年上映。

他妈妈说：我们开始共同生活时，我不爱他。但他赢得了我的爱，因为他的本分和忠诚。

对话也可以成为令人难忘的细节。这个细节就是这一小文的亮点。

几只鸡，先是咯咯叫着跑开了，后来又回来了，脖子一探一探的，提心吊胆四处踏逻。但是鸡这样东西，本来就活得提心吊胆的。[①]

这个细节给人印象深刻的原因是，作者张爱玲的观察太到位了。我们对鸡的神态都很熟悉，但从来没想出来如此精确、如此贴切的描绘。读完作者的这个细节，我们会在心里赞叹不已——太对了，鸡真是活得提心吊胆的东西。

有时候一个细节的生命，在读者观者的记忆中长于一个故事的生命。美国作家奥康纳的短篇小说《善良的乡下人》中的一个细节，在阅读这个小说几十年后仍然留在我的记忆中。因为要举这个例子，我重新看这篇小说时发现，除了这个细节，这个小说的其他情节我都忘了。

这篇小说中的这个细节其实就是这个小说的——灵魂。这个故事说的是一个受过高等教育的姑娘，有一条腿是假肢。她被一个善良的乡下小伙子吸引，与他出去幽会。这个令人难忘

---

① 张爱玲：《异乡记》，52页，北京，十月文艺出版社，2010。

的细节就发生在幽会时。限于篇幅，我不引原文，叙述一下这个细节。

——小伙子和姑娘在二层的谷仓里，他要看她的假肢。她当他面卸下又装上自己的假肢。小伙子也照着做了一把，然后把她的假肢扔到远处，独自离开了。

有些令人难忘的细节，在人们的记忆中，越于作品之上。想起作品时，总会先想起这样的细节。电影《美国往事》中，男孩儿帕特西给女孩儿佩吉送蛋糕的细节，就是这样鲜活令人难忘的。男孩儿拿着奶油蛋糕等在佩吉家门口，他想用蛋糕换个"性启蒙"。最后，男孩儿一点一点，一圈一圈把奶油蛋糕舔吃完毕。对一个小男孩儿来说，奶油蛋糕比女孩儿佩吉更有诱惑。

英国作家巴恩斯的小说《水果笼子》中，也有一个耐人寻味的细节。每周三下午去俱乐部打桌球的父亲，八十一岁，被发现与一个叫艾尔西的女人往来密切。儿子就此与父亲对话，父亲说：

> 儿子，大部分时间我确实在俱乐部。我说打桌球是为了让事情简单一点。其实有些时候我就是坐在车里，看着田野。不，艾尔西……是最近才有的事。[①]

其实有些时候我就是坐在车里，看着田野，这句话表现的

---

① [英]朱利安·巴恩斯：《柠檬桌子》，郭国良译，230 页，南京，译林出版社，2012。

细节，让我们深深体会了一个老人在家庭生活中的种种无奈。他宁可坐在车里看着田野，也不想待在家里。读者不自觉展开联想，想象他的家庭生活有多么不堪。

> 是和美的春天的下午，振保看着他手造的世界，他没有法子毁了它。①

张爱玲在这篇小说中，把男主人公振保这个人物写透了。他娶了自己不爱的女人，赚了钱买了房过上了曾经梦想的生活。但他却发现自己无法安住在这样的生活中。这个表露振保心声的细节，也成了整篇小说的"眼"。

> 他弯腰捡起台灯的铁座子，连着电线向她掷过去，她急忙返身向外逃。振保觉得她完全被打败了，得意之极，立在那里无声地笑着，静静的笑从他的眼睛里流出来，像眼泪似的流了一脸。②

振保觉得自己赢了，但笑却是从眼睛里流出来的，像眼泪似的。张爱玲类似的细节，细微之处令人惊悚，刻入了读者的骨子里，想忘都难。

---

① 张爱玲：《红玫瑰白玫瑰》，232 页，杭州，浙江文艺出版社，2002。
② 同上，239 页。

细节的神通

细节，在侦探小说中，常常是情节发展转折的关键点。阿加莎·克里斯蒂的话剧《捕鼠器》，在很多国家经年累月地上演。在柏林的专门剧场，这出剧连续上演三十多年。我们知晓结局之后，有兴趣再看一遍这出剧的原著小说《三只瞎老鼠》，仔细看看那些围绕着每个人物的细节，肯定会有持续的恍然大悟。这些细节像路标一样，清楚地指明了最后的结局。由此可见，细节在构建情节过程中，是多么朴实低调，但发挥的作用又是不可或缺的。我们可以这样说，没有细节，就没有侦探小说。

最后，我们看一部整部由细节组成的经典作品。这部作品人尽皆知，它的情节可以忽略不计，因为它的细节时刻吸引我们的眼球。大人孩子一起要么伸长脖子，要么后仰在沙发上，不管你什么看姿，你的目光一刻都没离开屏幕。对——《猫和老鼠》！几十年来，猫和老鼠没变，但细节的变幻，仍然能留住我们的注意力。

......

通过上述这些例子，我们不难想象精彩细节的作用。它可以让一段叙事生出亮点；可以让一个描写更加生动；还可以让抒情更具体可感。无论怎样，细节和文章主体的从属关系都需要我们一直遵守——细节，即使是优秀的细节，它的存在与否，也决定它对文章有无补益。无用的，坚决不用。无用的细节，其本身多么精彩，文章的整体最后都要为它们的存在付出代价。

发现利用细节

在生活中，细节一样引人注目。人们注意细节几乎是本能。我们对一个人产生好感，还是恶感，很多都是由细节决定的。但是，我们忽略细节也近乎本能。一个我们注意到的细节，很少有人把它们存储到记忆库中，随着时光的冲刷，渐渐都忘了。这恐怕也是多数人都成不了作家的原因之一。

一个非常漂亮的女孩儿，与一个爱慕她的男孩儿散步。女孩儿把手上一个纸团垃圾抛向街边的垃圾箱，没有击中……接下来的两个细节可能决定这个男孩儿对这个女孩儿的感情走向。女孩儿走过去拾起垃圾，投入箱内；女孩儿像没看见一样，继续往前走。假如她身边的男孩儿是一个观察者，是一个对细节敏感的人，注意到了这个细节的差别，那么，这个细节在他们的交往中将意义重大。这是生活中常见的小景象，我们把它搬到纸上，它就变成塑造人物时有用的细节。

怎样才能写出好的细节，想象力固然十分重要，生活中我们的观察能力同样重要。每个人出生时，对外界对他人都是敏感的，就像一个不懂事的孩子眼睛什么都不放过一样。我们都具有观察的本能，只不过有些人的这种能力随着成长，被其他习惯分散了。更多的人渐渐不善于观察，甚至对生活中的存在视而不见。观察，是写出好的细节的基础；没有观察，细节的生命就没有土壤。

从已经看见的东西中揣摩出从未见过的东西的能力，

从中探索出事物含义的能力，根据模式判断出整体的能力，对于普通生活全面的感受，使你能够接近了解它任何一个特殊角落的品质，——这一组才能构成了经验，而且这些才能在农村、在城市、在教育程度相差悬殊的各个阶层中都出现过。①

詹姆斯的这段话有些难懂，但他的总结很有用，我们逐句看一下。

> 从已经看见的东西中揣摩出从未见过的东西的能力，从中探索出事物含义的能力，根据模式判断出整体的能力……

我们写出好的细节需要勤于观察，詹姆斯说的这句话，从已见揣摩未见，就是通过观察数量的积累，逐渐达到质的变化。从我们见过的诸多现象中总结共性，总结共性的本质。例如，通过我们见过的很多少女，融合提炼出我们要描绘的一个少女形象。这是一个方面。另一方面是通过对少女的观察，通过阅读作家对少女的描写，我们逐渐总结出少女的普遍性。少女一般来说是怎样的，怎样的细节是属于少女的。这就进入到本质的总结。一个成熟的作家带着两者——个体的少女和少女的共

---

① ［美］亨利·詹姆斯：《小说的艺术》，15页，朱雯、乔伲、朱乃长等译，上海，上海译文出版社，2001。

性，再去创造属于自己风格的崭新的少女形象，或者属于少女的独具特色的细节。

我们有了从个体到共性的能力，有了从模式推导独特细节的能力，于是：**对于普通生活全面的感受，使你能够接近了解它任何一个特殊角落的品质**……也就是说，我们有了共性的认识，再去面对个体。**这一组才能构成了经验，而且这些才能在农村、在城市、在教育程度相差悬殊的各个人群中都出现过。**他认为这一组才能，我们掌握了，我们就有了经验。有了这些才能和经验，可以弥补我们的局限。作为一个富有的人，只要他尝试，他也可以制造出很好的属于穷人的细节。

通过熟练获得的能力，天长日久会变成我们的经验。

20　孤独·游历·发现

独处

企鹅出版公司有一套丛书叫伟大的思想，其中有本尼采的小书，中文的译名是《与孤独为伍》①。这本书的英文名是 *Man Alone with Himself*，我们可以从字面上理解为与自己在一起的人。这本书采摘了很多尼采的思想精华。

也许，我们可以这样认为——人只有孤独的时候，才能和自己待在一起。很多诗人、作家都认为，孤独其实是人的本质，几乎是无法更改的。里尔克说，孤独是师父，可以向它学习很多。孤独，让自己静下来思考，是写作者的常态之一。

在本书的开篇谈写作时，我们也谈了孤独者的写作优势。这里所说的孤独不是对一个人的性格或者社会状态进行定义，而是强调——独处，强调——独处的安宁，强调——安宁中的发现。

这个发现，不仅是从客观世界中、从现实生活中发现，而且包含投向自己的目光，发现自己。带着对自己的新认知再去生活中发现，循环往复。这差不多就是写作者的思维模式了。

---

① ［德］尼采：《与孤独为伍》，孙若颖译，北京，中国对外翻译出版公司，2010。

发现自己，认识自己的必要

通常我们在自我认知上有一个自以为的——**是**。课堂上提问过同学——你们做出的决定都是按照自己的意愿吗？多数同学的回答是肯定的。接着提出更加具体的问题：你真的很想上大学吗？好多同学笑了……有的同学说，不考大学干啥啊？有的同学说，反正大家都考大学……

我们从决定考大学这件事上，可以看到一个我们忽视的事实：某些似乎是自己的决定，其实是集体的决定。一个不想上大学的同学，看见周围人都考大学，假如他不考，他就将变得跟别人不一样。这样的与众不同首先让他害怕，就像一个胆小的同学被拉出队列，独自一人站在众人的目光下。做出与众不同的选择需要勇气；做与他人不同的人，需要更多的勇气。而真正有勇气的人不多，所以要随大流，做出跟大家一样的选择。

有些人把自己归入大众的队伍中，感到了脆弱的"安全"之后，才开始安全地追求个性。做跟大家一样的事情，看大家都看的书，用大家都用的东西，这显然加大了追求个性的难度。但这却是我们的常态。

假如，我们在此向自己提出问题，说不定就能改变对自己的认知。

游历

写作者的另一个状态仍和孤独相关，那就是游历——独自游历。歌德的《威廉·麦斯特的漫游年代》①中，作者跟随主人公游历，深入社会问题，提出理想社会的设想。歌德倡导的"游历"与当下盛行的旅游是有区别的。

对于写作者有好处的游历最好是独自，或者是两三个志同道合者，不是为了去看什么，是为了感觉所看到的一切以及对自己所感的理性思考。感觉旅途的所见所闻，便可以称得上深度游历。假如能在某些地方住下来，感受可能更深，也可能会颠覆之前的印象。关于法国的度假胜地普鲁旺斯有一套畅销书②，作者却不是法国人。英国人彼得·梅尔从昏暗的伦敦来到普罗旺斯之后，隐居在这里，写出了五本关于普鲁旺斯的书。我看过其中的一本，看完之后，我明白为什么它是畅销书。我还从没去过普鲁旺斯，但读完这本书，我感觉好像是去过了。梅尔描绘的那里的生活，对我来说完全是可感的，有共鸣的。这是那种来去匆匆的旅游无法获得的感知。

游历，可以突破我们生活的局限。我们了解别处别人的生活，也许不能丰富我们的具体生活，但可以丰富我们的精神生活。更重要的是丰富我们的虚拟世界，丰富我们的创作空间。

我们大多数人的日子过得太安稳保险了，对自己的作品不会重视到为之献身的地步。生活对写作者来说应该是

---

① ［德］歌德：《威廉·麦斯特的漫游年代》，张荣昌译，北京，华夏出版社，2008。
② 作者彼得·梅尔，包括《普罗旺斯的一年》《永远的普罗旺斯》《重返普罗旺斯》《餐桌上的普罗旺斯》等。

一种持续不断的教育。他必须学会不断地从一天的每一秒里汲取营养。歌德说过："才华在孤寂中产生，性格在生活之流中形成。"性格应该有，但它必须永远处于形成之中，好让才华结出硕果。假使我们日子过得太保险，太过眈于口福声色之乐，那就不能有完全的发展。要判断我们是否已发展成"天生的"写作者，有一个好办法：下一次挨雨淋时看看我们是老想着要诅咒这倒霉的天气呢，还是仔细体味细雨丝打在脸上，雨滴滚下发尖，雨点落在手背的感觉？[①]

写作和做梦一样，需要独自完成。独自阅读，独自游历，独自思考，独自感受。有了独自的心境之后，游历便和创作融合了。所见所闻可能触发新的想法，可能会修改你已有的构思，可能会更正你对某些存在的认知。

游历，独自的游历也是增强观察能力，增强描绘环境景色能力的绝好契机。一个人看樱花一如一个人看寂寞的街道，这感觉几乎可以直接写进作品。作为写作初学者，建立一个人独自的习惯，便是良好的学习开端，也是更加良好的写作开端。从下面里尔克的这段话里，我们也许可以想象独自的状态可能带来的精神力量。

---

① ［美］F. A. 狄克森、［美］S. 司麦斯合编：《短篇小说写作指南》，见约翰·格里芬：《隔夜孩童成作家》，朱纯深译，271 页，沈阳，辽宁教育出版社，1998。

　　　　走进你自己的心，建造你的艰难。你若如一块随着四季变幻的土地，那么，你的艰难在你心中应如一间房屋。想想看，你不是星辰，你没有轨道。

　　　　你必须成为自己的一个世界，你的艰难应是这世界中心，吸引着你，有朝一日，它将越过你，以其重力影响一个命运、一个人……①

也许有人会问，为什么要在自己心里建造艰难呢？在这篇文章的开头，里尔克也做出了回答。

　　　　——生活本身就是艰难的，但你想活命吧？你若把接受艰难称为义务，你就错了。驱动你这样做的是自我生存的本能。你的义务究竟是什么？义务就是去爱艰难。你承受艰难而言语不多，你必须晃着它哄它入睡，当它需要你时，你必须在它旁边。它随时都会需要你。②

对此有感受的人，会觉得他的话说到你心里了，让你发现这个世界上还有一个人，忍受着和你一样的艰难，并且与艰难相处、相安。对此有疑问的人，不妨放眼看一下文学世界的风景，有几本书是写幸福的？

---

　　①　见《一次晨祷》，选自里尔克：《永不枯竭的话题》，史行果译，320页，北京，东方出版社，2002。
　　②　同上，319页。

21　参考书目

［意］伊塔洛·卡尔维诺：《为什么读经典》，黄灿然、李桂蜜译，南京，译林出版社，2006。

［英］毛姆：《毛姆读书随笔》，刘文荣译，上海，上海三联书店出版社，1999。

［秘鲁］马里奥·巴尔加斯·略萨：《给青年小说家的信》，赵德明译，上海，上海译文出版社，2004。

《五卷书》，季羡林译，北京，人民文学出版社，2001。

《佛本生故事选》，郭良鋆、黄宝生译，北京，人民文学出版社，2001。

《故事海选》，黄宝生、郭良鋆、蒋忠新译，北京，人民文学出版社，2001。

袁珂：《中国神话传说》，北京，中国民间文艺出版社，1984。

［美］托马斯·潘恩著：《常识》，何实译，北京，华夏出版社，2004。

赵朴初：《佛教常识答问》，北京，北京出版社，2003。

王力：《诗词格律》，北京，中华书局出版社，2004。

冯友兰：《中国哲学简史》，北京，新世界出版社，2004。

［德］弗里德里希・尼采：《与孤独为伍》，北京，中国对外翻译出版社，2010。

［奥地利］康拉德・洛伦茨：《文明人类的八大罪孽》，徐筱春译，合肥，安徽文艺出版社，2000。

［奥地利］莱内・马利亚・里尔克：《永不枯竭的话题》，史行果译，北京，东方出版社，2002。

［波］科西多夫斯基：《圣经故事集》，张会森、陈启民译，北京，新华出版社，1981。

《季羡林论印度文化》，张光磷、李铮编，北京，中国华侨出版社，1994。

［日］三岛由纪夫：《文章读本》，黄毓婷译，南京，译林出版社，2013。

［法］马塞尔・普鲁斯特：《阅读的时光》，魏柯玲译，北京，中国对外翻译公司，2010。

［挪］希尔贝克、尼尔斯：《西方哲学史》，童世骏、郁振华、刘进译，上海，上海译文出版社，2004。

［美］伊迪斯・汉密尔顿：《希腊精神》，葛海滨译，北京，华夏出版社，2014。

［英］狄更斯：《荒凉山庄》，黄邦杰等译，上海，上海译文出版社，1979。

《搜神记》，马银琴译注，北京，中华书局出版社，2009。

［古希腊］赫西俄德：《工作与时日神谱》，张竹明、蒋平译，北京，商务印书馆，1991。

［美］鲁斯·本尼迪克特：《菊与刀》，吕万和等译，北京，商务印书馆，1994。

［美］哈罗德·布鲁姆：《短篇小说家与作品》，童燕泽译，南京，译林出版社，2016。

袁可嘉：《欧美现代派文学概论》，桂林，广西师范大学出版社，2003。

鲁迅：《中国小说史略》（释评本），周锡山释评，上海，上海文化出版社，2005。

张爱玲：《张爱玲小说》，杭州，浙江文艺出版社，2002。

［德］赫尔曼·黑塞：《悉达多》，张佩芬译，上海，上海译文出版社，2018。

［美］艾米莉·勃朗特：《呼啸山庄》，杨苡译，南京，译林出版社，1990。

［法］福楼拜，《福楼拜文学书简》，丁世中译，北京，燕山出版社，2011。

［美］欧·亨利：《欧·亨利短篇小说选》，王仲年译，北京，人民文学出版社，1986。

［美］菲茨杰拉德：《了不起的盖茨比》，巫宁坤等译，上海，上海译文出版社。

［俄］尤金·扎米亚金：《我们》，殷杲译，南京，江苏人民出版社，2005。

［美］马克·吐温：《赫克尔贝里·芬历险记》，许汝祉译，南京，译林出版社，2002。

［奥］卡夫卡：《卡夫卡文集：中短篇小说》，谢莹莹、张荣昌等译，上海，上海译文出版社，2003。

萧红：《生死场》，天津，天津人民出版社，2016。

梁漱溟：《印度哲学概论》，上海，上海人民出版社，2013。

钱穆：《中国思想史》，北京，九州出版社，2011。

［印度］格塔原：《室利·罗摩克里希那言行录》，北京，宗教文化出版社，2008。

辜鸿铭：《辜鸿铭文集》，海口，海南出版社，2000。